http://www.bbulmedia.com

Korea Godfather

코리아 갓파더

BBULMEDIA FANTASY STORY

Korea Godfather

코리아 갓파더

정사부 현대 판타지 소설

contents

1.
한국형 아머슈트

수진의 졸업식 때문에 미국을 다녀온 성환의 일과는 미국을 다녀온 뒤로 무척이나 바빴다.

성한의 일과가 이렇게 바쁜 이유는 다름 아닌 미국에서 겪은 테러 때문이었다.

당시 성환과 특별경호팀에 의해 테러 발생과 그들에 의한 테러범들의 진압이 알려지면서 KSS경호에 대한 문의가 끊이지 않고 들어오는 통에 그 일을 해결하기 위해 무척 바빴다.

일단 당시 세인트 조나단 예술학교의 졸업식에 참석했다 테러범들에게 감금이 되었던 스타들이 가장 먼저 성환에게 연락을 해 보디가드를 요청했던 것이다.

이 때문에 성환과 KSS경호에서는 사업 확장 측면에서 긍정적으로 이 일을 검토하고 현지법인을 만드는 것으로 결론을 내리고 빠르게 사무실을 차렸다.

현지 법인을 차리는 것에는 예전 인연을 맺은 존 맥컬린의 도움을 받아 빠르게 허가를 받을 수 있어 비교적 수월하게 처리할 수 있었다.

미국 법인의 책임자로는 심재원이 가게 되었는데, 그 이유는 다른 것이 아니었다.

6개월간 고재환과 1팀이 수진의 경호를 하며 미국에 머물렀으니 심재원과 그의 팀이 가게 된 것이다.

그 때문에 갱생도—서해에 있는 섬—에서 실시하고 있던 특임대 양성은 미국에서 돌아온 고재환과 그의 팀이 인수인계를 하게 되었다.

사실 특임대를 양성하는 일만 생각해서는 원래 그들을 훈련시키던 심재원과 2팀이 그대로 수료할 때까지 책임이 지는 것이 더 효율적이고 또 원래 계획은 그렇게 진행을 하기로 되어 있었다.

하지만 상황이 바뀌어 사업 확장의 기회이고 중국에 이어 미국에도 정보를 수집할 집단이 필요하던 차에 겸사겸사 추진하게 된 일이라 약간의 수정이 필요하게 되었다.

어차피 훈련 중인 경호원들을 가르치는 것은 고재환과 그의 팀원들도 할 수 있는 일이기에 업무 순환의 일환으로 그렇게 일정을 바꿨다.

어차피 기초훈련은 마친 상태에서 실전에서의 훈련이 필요한 것이니 특임대 양성에 타격이 가는 일도 아니었다.

아무튼 성환은 이렇게 국내와 국외의 일로 무척 정신없게 시간을 보냈다.

한편 성환과 함께 귀국한 수진은 또 나름대로 무척 바쁘게 생활을 하였는데, 그녀도 자신의 꿈을 위해 M&S엔터에 재계약을 하고 연습을 시작했다.

물론 수진의 데뷔를 돕기 위해 트윙클 멤버들이 발 벗고 나서서 그녀를 도와주었다.

이때 아영은 연습생 시절부터 친하게 지낸 터라 수진이 M&S엔터와 재계약한 사실을 알게 되자 바로 다음 컴백 때부터 자신들 트윙클에 합류해야 한다고 떼를 썼다.

아영의 억지와 같은 말에 수진이 참으로 난감해했다.

비록 데뷔를 같이 준비하던 사이는 맞지만, 다른 멤버들이 한 팀으로 데뷔를 했을 때 그 자리에 없었다.

그 일이 있고 자신은 미국으로 유학을 떠났었으니까.

일 년이 넘는 고난을 헤치고 나와 이제는 제법 이름을 알린 트윙클의 사정을 잘 알고 있는 수진은 처음에는 아영의 제안을 거절했다.

그렇게 고생하고 지금의 인기를 얻은 그녀들에게 미안했기 때문이다.

물론 트윙클의 다른 멤버들은 아영이 처음 수진에게 자신들의 팀으로 들어오라는 제안을 했을 때도 별 말 없었다.

함께 연습생 생활을 하고 또 트윙클 멤버로 발탁이 되어 수개월을 함께 준비를 했으니 당연한 것이라 생각했기 때문이다.

비록 데뷔 직전 불미스런 사건에 휘말려 데뷔가 무산될 뻔한 위기도 있었고, 또 그 일 이후로 수진에게 더 큰 시련이 있어 자신들을 떠나게 되었지만 그건 문제가 되지 않았다.

하지만 수진의 마음이 문제였다.

그렇지만 끈질긴 아영의 설득에 수진도 넘어가고 말았다.

솔직히 같은 아픔을 가지고 있는 이들끼리 뭔가 공유하는 것이 있기에, 수진은 다른 팀으로 데뷔 하는 것은 꺼려져 솔로 데뷔를 준비하려고 했었다.

그런데 친구인 아영이 함께하자는 말에 고맙고 미안해 거절하려 했는데, 수영과 미영들도 나서서 설득하자 승낙을 하였다.

수진이 자신의 제안에 넘어오자 아영은 그 자리에서 사장실로 뛰어가 이혜연에게 억지에 가까운 말로 수진을 트윙클에 영입했다.

이혜연은 처음에는 안 된다는 말로 아영을 설득하려 했지만 의외로 조리 있는 아영의 말에 설득당하고 말았다.

이렇게 성환과 수진은 미국에서의 일을 모두 잊어버릴 정도로 바쁘게 생활을 했다.

그렇게 시간이 흘러 해가 넘어가고 새해가 밝아 온 어느날, 성환은 동기인 세창에게서 만나자는 전화를 받았다.

❖　　❖　　❖

업무를 보던 성환은 세창의 전화에 일을 멈추고 밖으로 나갔다.

회사 인근에 왔다는 말에 그냥 모르는 척 할 수가 없어 잠시 쉰다는 생각으로 업무를 중단하고 약속 장소로 나간 것이다.

회사를 나가 세창이 머물고 있다는 카페로 갔다.

"무슨 일인데 보자고 한 거야?"

"야, 일단 앉아서 차나 한잔 먹고 이야기하자."

보자마자 무슨 일이냐며 물어 오는 성환을 보며 세창은 느긋하게 커피를 마시며 말을 하였다.

그런 세창의 모습에 성환은 바쁜 자신을 불러낸 그가 하는 말에 웃고 말았다.

"바빠 죽겠는데, 넌 요즘 한가한가 봐?"

"한가하긴 나도 얼마나 바쁜데, 잠시 네게 들려줄 이야기가 있어 들렸다."

"들려줄 이야기? 그게 뭔데?"

자신의 물음에도 뜸을 들이는 세창의 모습에 성환은 고개를 갸웃거리며 자리에 앉을 수밖에 없었다.

"무엇을 도와드릴까요?"

"아메리카노 샷 하나 추가해서 주시오."

"나도 같은 것으로 부탁합니다."

성환이 자리에 앉기 무섭게 직원이 묻자, 성환과 세창은 아메리카노를 주문했다.

주문을 받은 종업원이 자리를 뜬 후 다시 두 사람의 이야기가 이어졌다.

"들려줄 이야기란 것이 뭐냐?"

다시 한 번 조금 전 세창이 한 말을 물었다.

그런 성환의 물음에 세창은 살짝 미소를 짓고 이야기를 들려주었다.

"전에 네가 준 설계도로 프로토타입이 완성됐다."

"뭐? 프로토타입이라니?"

뜬금없는 말에 성환은 다시 물었다.

주어가 빠진 말에 그게 무엇을 가리키는 말인지 언뜻 깨닫지 못했기 때문이다

"이런 정작 일거리를 가져다준 놈은 까먹고 있었군."

"응?"

세창의 말에도 성환은 무슨 소린지 알지 못해 눈만 멀뚱히 뜨고 세창을 쳐다보았다.

그런 성환의 모습이 답답했는지 세창이 할 수 없이 입을 열었다.

"……아머슈트 말이다."

아머슈트라는 이 말을 할 땐 세창은 주변을 살피며 작은 목소리로 모기가 날아가는 듯한 소리로 말을 했다.

그런 세창의 말에 상관없이 성환은 그의 이야기를 듣고 깜짝 놀랐다.

비록 자신이 설계도를 가져다주긴 했지만 물건이 나오기까지는 좀 더 시간이 걸릴 것이라 생각했었다.

아무리 자신이 구해 준 것이 완성된 제품의 설계도라 해도, 군에서 무턱대고 생산하진 않을 것이라 예상했기 때문이다.

물론 그런 성환의 생각은 맞는 말이었다.

미군의 체형에 그리고 미군이 원하는 스펙으로 만들어진 아머슈트였기에 그것을 한국인에 맞게 또 한국군이 요구하는

성능에 맞게 조정을 하는 것과 같은 별계의 작업이 필요했다.

그렇게 하려면 적어도 1년 정도는 걸릴 것이라 예상했었다.

설계도를 재설계하고, 그에 맞는 생산 설비를 갖추기 위해서는 그 정도는 있어야 첫 생산 물품이 나올 것으로 예상했는데, 성환의 예상은 보기 좋게 빗나갔다.

"그거 혹시 불량 아냐? 적어도 반년은 더 있어야 물건이 나올 것이라고 하지 않았나?"

"그렇긴 하지. 그런데 네가 가져다준 설계도를 재설계 하는 과정에서 연구원 중 한 명이 괜찮은 제안을 하는 바람에 생각보다 공정이 줄어들어 이렇게 빨리 나올 수 있었다."

"그래, 그거 잘됐네!"

"그래 잘되긴 했는데⋯⋯."

성환은 세창의 대답이 시원치 않은 것에 뭔가 문제가 있다는 것을 알게 되었다.

"무슨 문제라도 있나?"

성환의 말에 말을 해야 할지 말아야 할지 뜸을 들이던 세창이 결심을 했는지 다시 말을 하기 시작했다.

"실은 그것 때문에 널 보자고 했다."

"그것하고 내가 무슨 상관인데?"

재설계해 생산한 물건 때문에 자신을 보자고 했다는 말에 성환은 의아한 생각이 들어 아니 물을 수 없었다.

어차피 자신은 우연히 습득한 물건을 조국에 도움이 되라는 마음에 동기인 세창에게 넘겨준 것이다.

그런 성환의 모습에 군에서는 나중에 생산될 아머슈트의 일부를 성환이 운영하는 KSS경호에 무상으로 공급해 주기로 했다.

성환은 혹시 아머슈트를 생산하는 것에 들어가는 예산 때문에 그러나 하는 생각이 들었다.

"혹시 예산이 부족해, 수량에 문제가 생긴 거냐?"

"아, 오해하지 마라. 그런 것 아니니."

세창은 성환의 말에 부정하며 말을 이었다.

"그런 것이 아니라, 실은 전에 네가 했던 요구를 연구원들에게 말했는데, 현재 기술로는 불가능하다는 소리란다. 하지만……."

세창은 성환이 아머슈트의 설계도를 넘겨주면서 자신이 받게 될 아머슈트에 대한 요구 사항을 말한 적이 있었다.

"관절의 움직이는 각이 너무 좁다. 인간이 낼 수 있는 관절각을 모두 활용할 수 있을 정도로 말이다. 굳이 이렇게 로봇 형태가 아니어도 상관없다."

당시 성환은 CIA특작대가 사용하던 아머슈트를 직접 목격을 했기에 동일한 아머슈트라면 자신이나 자신의 밑에 있는 특별경호팀 등에게는 그리 많은 도움이 되지 못할 것이란 예상을 하며 그런 주문을 했었다.

사실 아머슈트를 입게 된다면 개인의 자질은 그리 문제가 되지 않게 된다.

동일한 성능의 아머슈트를 일반 사병과 특전사와 같은 특수병과의 군인이 착용을 하게 된다면 기본 능력은 동일하게 된다는 말이었다.

즉, 아머슈트의 성능 이상으로 활용될 수 없다는 말이었다.

하지만 자신이나 특별경호팀은 달랐다.

개개인이 신형 아머슈트만큼은 아니지만 뛰어난 능력을 가진 초인들이었다.

그런 인물들이 아머슈트의 성능에 가려 제 능력을 발휘하지 못한다면 그 또한 낭비인 것이다.

아머슈트와 같은 장비를 개발하는 것은 개인의 능력을 보다 더 뛰어나게 활용하기 위해 개발하는 것이다.

그런데 오히려 제 역할을 하지 못한다면 그건 그것대로 문제가 아닐 수 없는 일이다.

이 때문에 성환은 당시 아머슈트의 딱딱한 관절을 차라리 버리는 게 특별경호팀과 같은 존재들에게 도움이 될 것이라 생각했다.

뭐 나중에 생각하니 그런 것이라면 현재 특수임무를 수행할 때 착용하는 방탄복—드래곤스킨—에 리시버를 착용한 것과 다르지 않다는 생각이 들어 잊고 있었다.

그런데 지금 세창의 말을 들어보며 확신은 아니지만 그런 자신의 안건에 대해 어느 정도 개선이 된 아머슈트가 만들어진 것 같다는 생각이 들었다.

"설마, 전에 내가 했던 문제점들이 개선된 것이냐?"

"어, 어떻게 알았냐? 이젠 점까지 보냐?"

성환의 물음에 세창은 너무 놀라며 말을 던졌다.

정말로 그런 것은 아닌가 하는 생각을 들 정도로 자신이 하려는 말을 그대로 알아맞힌 성환에게 놀랐다.

"호, 그게 정말이란 말이지? 그럼 오늘, 날 보자고 한 이유가 그것을 테스트 해 달라는 소리겠군."

"그, 그래."

자신이 불러낸 의도까지 먼저 말하는 성환에게 더 놀랄 것도 없다는 듯 허탈하게 대답을 했다.

성환은 세창의 이야기를 모두 듣고는 뭔가 생각에 잠겼다.

세창의 말을 듣고 뭔가 뇌리를 스치는 생각이 있었기 때문이다.

한참 뭔가를 생각하던 성환은 세창을 돌아보며 대답을

했다.

"좋아! 테스트는 내가 알아서 해 줄 테니, 그거 10벌만 먼저 보내라."

"뭐?! 10벌이나?"

"그럼 최소한 한 개 팀은 만들어서 테스트를 해 봐야 알 것 아니냐."

"그렇긴 하지."

세창도 이야기를 들어 보니 그 말이 맞는 것 같았다.

어차피 아머슈트라는 장비는 개인이 착용하고 운영해야 할 개인 장비이다.

아무리 뛰어난 성능을 가지고 있다고 해도 그건 개인으로 쓰는 작전에 들어갔을 때 한계가 있을 것이 분명했다.

그렇다면 예초에 군에서 이 장비를 운영하려고 했던 계획의 최소 단위 정도를 테스트 해야만 정확하게 평가를 할 수 있을 것이다.

예산이 좀 더 들어가긴 하겠지만 1벌이든, 10벌이든 데이터는 많을수록 좋은 것이기에 성환의 말에 수긍을 하였다.

"알았다. 그건 내가 상부에 보고를 하고 그렇게 조치를 취할게. 그런데 어떻게 그곳에서 테스트 할 거냐?"

성환이 어디서 테스트를 할 것인지 물었다.

자신이 알고 있는 갱생도에서 테스트를 할 것인지 물은

것이다.

하지만 들려온 성환의 대답은 달랐다.

"아니, 마침 특임대의 훈련도 마무리할 때가 되었고, 중국에 마련해 둔 실전훈련장에서 갱생도에서 배운 것들을 몸으로 익힐 때이니 그때 함께 실험을 하지."

"오, 그것 좋은 생각인데?"

성환이 특임대에게 실전훈련 겸 테스트를 하겠다는 말에 세창은 좋은 생각이라 생각했다.

어차피 나중에 성환에게 보낼 장비이니 그것을 사용할 사람들도 그들이 될 것이기 때문에 좋은 데이터를 많이 얻을 수 있을 거 같았다.

하지만 성환은 특임대에게 자신들이 받을 아머슈트를 테스트 할 생각이 없었다.

성환이 테스터로 생각해 놓은 사람들은 조금은 복잡한 사정으로 얻게 된 부하들이었다.

그들의 정체는 바로 전직 CIA특작대였다가 국장의 지시로 성환을 납치하기 위해 세인트 조나단 예술학교에서 테러를 자행했던 이들이다.

명령에 의해 작전을 수행했는데, 돌아온 것은 자신의 실각을 두려워한 국장의 배신이었다.

솔직히 일을 너무 크게 벌인 바람에 자신이 몸담던 조직은 물론이고, 그곳과 비교해 뒤지지 않는 조직들에 평생을 쫓겨야만 하는 상황에 처한 그들이 선택한 것은 자신들을 붙잡은 성환에게 의탁을 하는 것이었다.

이들은 이미 아머슈트를 운영을 해 본 경험도 있고, 모처에 신형 아머슈트를 숨겨 두고 있었다.

그런 사정을 알고 있는 성환은 그들에게 군에서 생산한 아머슈트의 테스트를 시킬 생각이다.

그들이 한국의 아머슈트를 테스트하게 된다면 미국이 가지고 있는 신형 아머슈트와 한국군이 변형해 생산한 아머슈트와의 차이를 잘 알 수 있을 것이기 때문이다.

보다 객관적으로 두 아머슈트를 비교할 수 있다는 생각에 성환은 일간 오웬과 그의 부하들을 만나 봐야 할 것 같다는 생각을 했다.

커튼 사이로 아침 해살이 침대를 밝혔다.

"으음!"

이혜연은 아직 떠지지 않는 눈을 하고 밤새 자신을 뜨겁게 달구던 사내의 품을 생각하며 옆자리를 더듬었다.

그런데 뭔가 싸한 느낌에 떠지지 않던 눈을 크게 떴다.

자신의 옆자리에 있어야 할 남자가 보이지 않았다.

'설마 말도 없이 간 걸가?'

문득 씁쓸한 생각이 들었다.

비록 자신이 사랑하는 사내이긴 하지만 요즘 너무나 바빠 잘 만나지도 못했다.

어제만 해도 겨우 자신의 딸을 핑계로 만나 저녁을 함께했다.

그런데 아침에 일어나 보니 그 남자는 옆자리에 없었다.

잠들기 전까지만 해도 바로 옆에 자리하고 있었지만 지금은 아니었다.

씁쓸한 기분이 들기도 했지만 어쩔 수 없었다.

이미 그 남자의 포로가 되어 버렸기에 바보 같다 생각하면 서도 그를 떠나선 생각할 수가 없었다.

"하!"

깊게 한숨을 쉬고 자리에서 일어난 혜연은 화장실로 들어가 찬물로 샤워를 했다.

아직 찬물로 샤워를 하기에는 밖의 날씨는 영하의 날씨였지만, 지금은 찬물로 울적한 마음을 씻어야 개운할 것만 같은 느낌에 억지로 찬물을 틀었다.

샤워를 마친 혜연은 머리를 말리며 나오다 새벽 늦게까지 뜨거운 열풍이 불었지만, 지금은 차갑게 식어 버린 침대를 돌아보았다.

그러면서 다시 한 번 한숨을 쉬고 화장대에 앉아 머리를 말리고 간단하게 화장을 했다.

화장을 마친 혜연은 아침을 준비하기 위해 거실로 나갔다.

그런데 이때, 아직 자고 있을 것이라 예상을 했던 딸의 웃음소리가 들렸다.

희미하게 들리긴 했지만 분명 딸의 목소리였다.

자신의 부주의로 장애를 가지게 되었던 딸도 그 사람을 만나고 나서 정상을 찾았다.

어떻게 한 것인지 모르지만 분명 그가 딸을 고쳐 주었다고 믿었다.

그런데 딸의 웃음소리 사이에 간간히 다른 사람의 목소리도 들려오고 있었다.

두근두근!

자신이 잘 알고 있는 목소리였다.

사랑하는 이미 자신의 모든 것을 준 남자의 목소리가 사랑하는 딸의 웃음소리 중간에 들리고 있었다.

자고 일어났을 때, 자신의 옆자리에 없어 갔다고 생각했던 남자의 목소리가 들리자 자신도 모르게 심장이 빠르게 뛰었다.

자석이라도 끌려가듯 거실 베란다로 발걸음을 옮겼다.

그리고 창문 넘어 마당에 마치 아빠와 사랑스런 딸이 놀고 있는 듯한 모습이 연출되고 있었다.

그 모습을 확인한 혜연은 자신도 모르게 안도의 눈물을 흘렸다.

"아, 그냥 간 것이 아니구나!"

성환이 돌아간 것이 아님을 확인한 혜연은 그렇게 작은 목소리로 자신을 위로했다.

"이렇게 있으면 안 되지."

두 사람이 놀고 있는 것을 확인한 혜연은 얼른 정신을 차리고 주방으로 향했다.

아침을 준비하기 위해선 분주히 움직여야 할 것이다.

시간이 얼추 흘러 마당에서 놀던 성환과 유리가 들어왔다.

"일어났어?"

"잠시만 기다리세요. 아침 곧 되요."

마당에서 혜연의 딸인 유리와 한참 놀아 준 뒤 집안으로 들어오던 성환은 혜연이 잠에서 깨 아침을 준비하는 것을 보고 인사를 했다.

그런 성환의 말에 혜연은 밝게 웃으며 아침인사를 받았다.

아침이 준비가 되고 세 사람은 일반 가정집의 아침식사 모습을 연출하며 식사를 했다.

혜연은 이런 모습이 정말로 얼마만인지 생각에 잠겼다.

죽은 전남편과는 신혼 초에나 몇 번 가졌던 분위기다.

유리가 태어났을 때도 잠시 이런 적이 있었다.

하지만 그런 행복도 잠시였다.

자신의 실수로 유리가 정신 지체 장애를 겪으면서 행복은 끝났다.

자신을 사랑한다며 억지로 관계를 갖고 결혼을 했던 전남편은 그렇게 가정을 외면하고 회사 일에 집중했다.

그 때문에 회사는 날로 번창을 했지만, 혜연에게는 전혀 즐겁지 않았다.

아니, 그때부터 삶이 지옥의 연속이었다.

그런데 잠시 맛봤던 행복했던 순간이 다시금 자신에게 찾아왔다.

전남편과는 다르게 자신을 위기 속에서 몇 번이나 구해 준 자신만의 영웅이 밤을 함께 새우고 또 아침을 같은 식탁에서 한다는 것이 정말로 꿈만 같았다.

'이게 꿈은 아니겠지?'

혜연은 정말이지 이 순간이 꿈인지 생시인지 알 수가 없어 식탁 밑으로 자신의 허벅지를 꼬집어 보기까지 하였다.

'아야!'

꼬집힌 허벅지에서 통증이 느껴지는 것을 보니 꿈은 아니었다.

사실 작년 중국에서 처음 그와 관계를 갖고 간간히 잠자리를 함께했지만 한 번도 집에서는 그런 관계를 갖지 않았다.

하지만 무슨 바람이 불었는지 어제는 자신의 말을 모두 들어주었다.

그 때문에 문득 그 어느 때보다 행복한 순간인 지금 마음 한편으로 작은 불길한 기분이 들었다.

"저기……."

"네, 네?!"

갑작스런 성환이 말에 혜연은 자신만의 생각에 잠겨 있다 놀라 말을 더듬었다.

"아 뭘 그리 놀라고그래. 다른 것이 아니라 중국에 일이 있어 다녀와야 할 것 같아."

근 한 달 만에 본 성환인데 또 외국에 나가야 한다는 말에 혜연은 작은 목소리로 물었다.

"이번에는…… 얼마나 있다 오시나요?"

"그리 오래 걸리진 않을 거야. 개인적인 볼일도 있고, 또 찾아가 봐야 할 곳도 있어서."

성환은 중국에 마련한 훈련장에서 치러질 한국형 아머슈트의 프로토타입의 실험을 참관해야 하고, 또 중국까지 간 김에 잠시 소림사에도 들릴 생각이었다.

사실 성환이 소림사에 들리는 것은 소림의 방장인 료료대사의 요청 때문이다.

그가 성환을 보자고 한 것은 사실 작년 성환이 양명의 편으로 보내 준 영약 때문이었다.

비록 소림비전의 영약은 아니지만, 성환이 보내 준 영약은 1대 제자들에게 골고루 전달이 되어 큰 진전을 보였다.

그 때문에 혹시나 약을 더 공급 받을 수 없는지 의사타진을 해 온 것이다.

그런 료료대사의 요청에 성환은 거대한 중국을 상대로 신경을 쓰는 것 보다 소림사와 연결 고리를 가지고 그들을 조절하는 것이 가장 좋다는 생각에 료료대사의 요청을 승낙했다.

비록 군을 전역을 한 지 벌써 몇 년이 흘렀지만, 아직도 성환은 조국의 안위를 무척이나 생각하고 있었다.

자신이 살아가야 할 곳이고, 또 혈육인 수진이 살아가야 하며, 그리고 자신과 인연을 맺은 사람들이 사는 곳이다.

이런 생각을 하였기에 성환은 중국에 많은 신경을 쓰고 있었다.

고례(古例)로부터 한반도는 주변국에 많은 외침을 받았다.

특히 대륙, 즉, 중국의 상황에 많은 영향을 받았다.

그들이 혼란스러울 때는 문화의 꽃을 비웠고, 대륙이 통일이 되었을 때는 세가 약해지고 민생이 혼란스러워졌었다.

이런 역사를 알고 있는 성환은 중국이 한 목소리를 내지 못하게 하기 위해 그들 내부의 권력 투쟁에 끼어들 수밖에 없었다.

사실 소림과 인연이 되기 전부터 성환은 다각도로 중국의 권력구도에 관해 조사를 했었다.

그러다 우연히 TV다큐를 보다 소림사 출신들이 중국의 정관계는 물론이고, 군부에도 많이 진출해 있다는 것을 알게 되었다.

참으로 별거 아닌 프로그램에서 성환이 원하던 정보를 얻었다.

그때부터 어떻게 하면 그들과 관계를 틀 수 있을까, 고민을 했는데 그건 의외의 사건으로 관계를 맺었다.

성환은 모르고 있었지만 소림이 오래전부터 실전된 소림의 무공을 연구하고 복원하기 위해 갖은 노력을 기울였다는 것을 알게 되자 일은 일사천리로 진행이 되었다.

예상대로 소림은 자신을 사조라 부르며 극진히 대접을 하기 시작했다.

이것은 성환 자신도 예상하지 못한 일이었다.

이 때문에 처음 계획보다 소림과 성환의 관계는 깊어질 수밖에 없었다.

그래서 자신의 일에 적극적으로 도와주는 소림을 그냥 두고 볼 수 없어 약간의 도움을 준다고 행한 것이 특별경호팀에 지급했던 영약의 지급이었다.

물론 다운그레이드 된 것이긴 했지만 효과는 확실한 것이다.

아니, 예상보다 소림사의 고승들이 받아들이는 정도가 심해 걱정이 될 정도였다.

아무튼 그 문제로 소림사에도 들려야 했다.

그런 관계로 이번에도 중국에서 보름 정도를 머물러야만 했다.

그 이야기를 하기 위해 바쁜 와중에도 혜연이 자신을 찾아왔을 때, 그녀의 부탁을 거절하지 못하고 어제 그녀의 집에서 함께한 것이기도 했다.

"아빠! 또 어디 가는 거야!"

처음 성환을 봤을 때부터 혜연의 딸 유리는 성환을 아빠라 불렀다.

하지만 이것을 성환은 별달리 생각하지 않고 정말로 유리를 딸처럼 대했다.

"응, 아빠가 외국에 일하러 가야 되서 열다섯 밤만 자고 올게."

"그럼 열다섯 밤만 자고 와야 돼?"

"다녀오세요."

"그래, 갔다 와서 우리 진진하게 이야기해 보자."

"네?"

혜연은 갑작스런 성환의 말에 깜짝 놀랐다.

그 말의 진의를 알지 못했기 때문이다.

하지만 말을 꺼낸 성환은 평소 보이지 않던 모습을 모이며 고개를 돌렸다.

성환이 이런 말을 꺼낸 이유는 전적으로 조카인 수진 때문이었다.

"헤어지자는 말 아니니, 그렇게 걱정하는 표정 하지 않아도 된다."

자신의 말에 창백해지는 혜연의 얼굴을 보며 성환은 자신의 말을 곡해한 혜연을 달래며 말을 했다.

그런 성환의 말을 듣고서 뭔가 자신이 생각하던 것이 아니란 것을 알게 된 혜연은 두 눈을 깜박거리며 뭔가 기대하는 눈빛이 되었다.

"언제까지 이렇게 어정쩡하게 관계를 계속할 수는 없는 일이잖아……."

"……알았어요."

성환은 말을 하면서 살며시 혜연을 안아 주었다.

"나두!"

그런 두 사람의 모습에 유리도 자리에서 일어나 두 사람의 사리로 들어갔다

유리의 응석에 성환과 혜연은 그만 실소를 하고 말았다.

성환에 관해 은근히 제 엄마인 혜연을 경쟁상대로 생각하는지 혜연이 하려는 것은 언제나 따라 하려는 모습에 실소를 할 수밖에 없었다.

◈　　◈　　◈

산으로 둘러싸인 분지에 있는 한 마을.

그런데 그곳은 마을이 분명한 듯 보이지만 일반적인 마을이라고 보기 어려웠다.

등봉현은 중국 내륙에 있는 마을로 그리 발전된 지역이 아니다.

특히나 그 유명한 소림사가 있는 지역이다 보니 관광특구로 지정이 되어 개발도 못하는 지역이다.

그런데 특이하게도 분지에 있는 마을은 시골인 등봉현과 전혀 어울리지 않는 건물이 들어서 있었다.

도시처럼 고층은 아니지만 그래도 5층 높이의 새 건물이 들어서 있었다.

뿐만 아니라 마치 영화 세트장처럼 몇 개 없는 건물들 사이로 사람의 그림자도 보이지 않았기 때문이다.

꽝!

투타타타!

그런 조용하던 마을에 갑자기 폭발음이 들리고 또 총을 쏘는 소리가 들리기 시작했다.

자세히 보니 마을은 희한하게 창문이 있는 부분이 뻥 뚫려 있었다.

그리고 총소리가 들리면서 인간의 모습이 보이기 시작했다.

—알파1, B1섹터 클리어! B1—2섹터로 이동한다.

"OK!"

무전을 받던 남자는 고개를 돌려 화면에 나와 있는 마을을 지켜보고 있던 남자를 행해 물었다.

"어떻습니까?"

"음, 대원들을 잘 가르쳤군."

"감사합니다."

"이봐, 오웬. 자네가 보기엔 어떤가?"

성환은 자신의 옆자리에서 특임대들이 모의전투를 하는 모습을 지켜보던 오웬에게 물었다.

현재 화면에 보이는 마을에서 모의전투를 하는 사람들은

오웬의 부하들과 특별경호팀에게 교육을 받던 특임대들이 테러 집단과 진압군로 나눠, 시가지 전투를 벌이고 있는 중이었다.

물론 인원이 부족한 오웬의 부하들이 불리한 게임이긴 하지만, 그래도 오웬의 부하들은 전직 CIA특작대로서 실전을 겪은 역전의 용사들이라 쉽게 전투를 지고 있진 않았다.

특히나 그들이 입고 있는 것은 CIA서 지급받았던 신형 아머슈트로써 첨단 장비들이 집약된 물건.

자체적으로 열상카메라와 적외선 카메라까지 내장되어 있어 주변 시야를 밝혀 줘 특임대들의 움직임을 훤히 보면서 대응을 하며, 적절히 특임대의 움직임을 막고 있었다.

하지만 그렇다고 오웬의 부하들이 전적으로 유리한 것은 아니다.

KSS경호의 특임대들도 이러한 특수작전을 수행할 수 있도록 교육을 받은 인원이고, 갱생도 지하에 마련된 시뮬레이터 안에서 시가전에 관해 많은 가상 훈련을 했다.

뿐만 아니라 현재 한국에서 개발한 아머슈트의 프로토타입을 보급 받아 착용하고 있었다.

미국에서 개발한 아머슈트를 장비한 전직 CIA특작팀과 한국형 아머슈트를 착용한 KSS경호 특임대가 모의 전투를 하고 있으니 누가 더 유리하다고 말을 할 수는 없었다.

"특임대의 움직임이 간결하고 좋습니다. 다만 아직 지급 받은 장비에 적응을 완벽하게 되어 있지 않은 모습이 간간히 보입니다."

오웬은 현재 화면에 보이는 모습을 보며 특임대의 잘못된 점을 매의 눈으로 찾아내 지적을 했다.

성환은 그런 부분이 눈에 거슬렸다.

하지만 그건 어쩔 수 없는 일이기도 했다.

지금은 특임대라 불리고 있지만, 저들의 전직은 깡패이지 않은가?

빈둥빈둥 할 일 없이 끼리끼리 돌아다니거나 술집이나 아 니면 빚쟁이들을 찾아다니며 협박이나 하던 조폭들이 몇 년 훈련을 했다고 정예요원이 될 수 없는 것이다.

시뮬레이터로 가상훈련을 했어도 그게 몸으로 바로 실현한 다는 것은 있을 수 없는 문제였다.

그러니 현재 화면상으로 특임대의 모습은 썩 마음에 드는 모습은 아니지만, 그래도 성환은 이해할 수 있는 범위라 아 까 그에게 잘 가르쳤다는 대답을 했던 것이다.

한편 이렇게 이들이 모의 전투에 대하여 이야기를 나누 고 있을 때 실내 한쪽에선 또 다른 사람들이 자신의 앞에 있는 기계장치들의 화면을 노려보며 무언가를 기록하고 있 었다.

이들은 ADD(국방과학연구소)의 연구원들이었는데, 이들은 오웬과 마찬가지로 아무도 모르게 중국에 입국해 이곳에서 자신들이 개발한 한국형 아머슈트의 실전 테스트 데이터를 수집 중이었다.

현재 성환이 꾸며 놓은 시가지 모형에서 진행되고 있는 모의 전투는 말이 모의 전투이지 실탄을 사용하기에 실제 전투와 같았다.

다만 저들이 착용하고 있는 장비가 장비이다 보니 사용 중인 총알에는 부상을 입지 않는다.

총에 맞았을 때 충격량이 이곳 통제 센터에 설치된 기기들에 체크가 되어 판정을 하는 것이다.

ADD의 연구원들이 각자 데이터를 수집하고 있을 때, 어느새 전투는 끝나고 오웬의 부하들과 테스트에 참여했던 KSS경호의 특임대들이 돌아왔다.

"수고했다."

"아닙니다."

"오늘 훈련은 여기까지 하고 내일은 반대로 자네들이 진압군이 되고 특임대는 테러리스트로 분해 전투를 한다."

"알겠습니다."

"그래, 오늘 수고들 했다. 가서 쉬어!"

훈련을 했던 사람들이 모두 빠져나가고 통제실에는 성환과 오웬, 그리고 고재환과 ADD의 연구원 몇 명만 남게 되었다.

성환은 연구원들 중 수석 연구원인 최충현 대령에게 다가가 물었다.

"최 대령님 어떻습니까? 자료 많이 수집했습니까?"

"예, 많은 자료를 수집할 수 있었습니다. 대원들의 능력이 아주 뛰어나더군요."

최충현 대령은 이야기를 하면서 눈을 반짝였다.

정말이지 KSS경호의 경호원들이 어떻게 훈련을 하기에 저런 놀라운 기량을 가지게 되는 것인지 연구해 보고 싶을 정도였다.

사실 ADD에서도 아머슈트를 개발하면서 충분한 자료를 가지고 있었다.

각 특수부대에서 부대원들을 보내 줘 그들을 대상으로 아머슈트를 활용하여 데이터를 뽑아 연구를 했었다.

물론 비밀리에 연구하는 것이라 설계도에 있는 그대로 만든 아머슈트와 연구원의 안건으로 개량한 한국형 아머슈트를 많이 만들어 데이터를 수집할 수는 없었다.

미국이 개발한 아머슈트의 설계도를 입수했으면서도 개량을 하게 된 원인이 바로 너무 비용이 많이 든다는 것 때문이었다.

아머슈트 한 벌 생산하는 원가가 18억이나 되었던 것이
다.

이 때문에 대한민국 군의 여건 상 대량 보급이 힘들었다.

좋은 물건을 만들 수는 있는데, 예산 문제 때문에 얼마나
낙담을 했던가.

물론 다른 예산을 유용하면 몇 벌 생산할 수는 있을 것이
다.

하지만 군 예산이라는 것이 쉽게 유용할 수 있는 부분이
있는 것도 아니라, 그럴 수가 없었다.

아니, 차라리 아머슈트의 생산이 급한 것은 아니기에 일각
에서는 아머슈트의 보급을 좀 더 뒤로 늦출 것을 제안했었
다.

솔직히 당장 급한 것은 아니다.

하지만 모든 일에는 때가 있는 것이다.

언제 어느 시기에 필요할지 모르는 물건을 당장 생산할 수
있는데, 예산이 없어 나중에 생산을 한다면 그 시기에 과연
자신들이 요구하는 성능을 낼 수 있냐는 것이다.

이렇게 해서 많은 토론을 한 끝에 생산을 하되, 단가를 내
려 생산을 하자는 것으로 굳어졌다.

현재 상태에서 굳이 설계도의 고사양의 아머슈트가 굳이
필요하냐는 의견이 나오고, 군에서는 욕심은 나지만 포기해

야 할 것은 포기해야 한다는 주장이 커지면서 아머슈트 보급 계획이 이렇게 개선되었다.

솔직히 성환이 가져다준 아머슈트의 설계도에는 군에서 필요로 하지 않는 기능도 몇 가지 있었다.

그것이 무엇이냐 하면, 고속 기동을 위한 에어 부스터였다.

아머슈트의 전체 무게는 120㎏에 달한다.

CIA에서는 이런 무게 때문에 나타날 문제점을 생각했다.

자신들의 임무 중 정보 수집은 물론이고 적진에 침투를 해서 요인을 암살하고 또 인질을 구출하는 일도 있었다.

하지만 이렇게 무거운 장비를 착용하고 적진에 뛰어든다는 것은 그저 움직이는 표적만 될 뿐이다.

그래서 고민 끝에 나온 것이 부스터였다.

영화에서 많이 소개된 개인 휴대 로켓 같은 것을 아머슈트에 이식한 것이다.

이미 개인휴대 로켓은 미군 내에서 사용하고 있고, 또 아직도 개량을 하고 있는 물건이기도 했다.

이 개인휴대 로켓은 장시간 운용을 할 수 없다는 단점이 있긴 하지만 참으로 유용한 물건이다.

특히나 낮은 고도에서 고속으로 이동을 할 수 있어 적의 레이더에 걸릴 위험도 없고, 또 생각보다 속도가 빠르기 때문에 적에게 피습될 위험도 적었다.

그런데 ADD연구원들은 아머슈트의 단점을 보완하는 이 부스터를 과감하게 빼 버렸다.

대신 부스터만큼 고속 기동을 하는 것은 아니지만, 무게를 지탱하며 또 보통 사람 정도의 반응 속도를 낼 수 있게 도와주는 장비를 삽입하였다.

그것이 바로 탄소나노튜브를 이용한 인공근육이었다.

ADD의 연구원들은 그저 대안으로 자신들이 내놓은 인공근육에 큰 기대치를 가지고 안건을 말한 것은 아니다.

그런데 인공근육을 아머슈트에 삽입을 하니 의외의 효과를 보게 되었다.

그건 바로 아머슈트의 무게가 80㎏대로 낮아진 것이다.

사실 CIA도 여러 가지 물건들을 가지고 실험을 했지만, 자신들이 원하는 효과를 최대로 내는 장비로 부스터를 채택한 것뿐이지 그들도 인공근육을 이용한 연구도 했었다.

인공근육을 사용하는 것이 생산단가에서 많은 절감 효과가 있지만, CIA는 어차피 예산은 남아도는데 굳이 최고를 놔두고 차선을 선택할 필요는 없었다.

하지만 한국군은 아니었다.

굳이 언제 필요할지 모르는 물건을 가지기 위해 고가의 최고사양 제품을 생산할 필요는 없었다.

만약 아머슈트가 전투기나 아니면 군함 정도로 외부에 알리고 군사력을 선전할 수 있는 물건이었다면 달라졌을 것이다.

하지만 아머슈트는 그런 물건이 아니었다.

은밀하게 보유하고 있다가 적이 방심했을 때 사용하는 것이 최고의 효과를 내는 장비였다.

그러니 CIA처럼 최고의 물건이 아니더라도 그에 버금가는 정도면 충분했다.

그래서 ADD에서는 군의 명령을 받고 일단 설계도에 있는 장비들 중 불필요한 것은 모두 떼어 내고 새롭게 재설계를 하였다.

이렇게 생산된 프로토타입을 입어 보았던 전직 CIA특작대들의 소감은 최악이었다.

자신들이 입는 아머슈트에 비해 너무도 열악했기 때문이다.

굳이 비교를 하자면 신형을 지급받기 전에 사용하던 아머슈트보다도 착용감이 불편했다.

그렇지만 오웬이나 그의 부하들의 생각이 바뀐 것은 잠깐이었다.

자신들은 착용하고 무척 불편하다 느꼈는데, 성환이 데려온 KSS경호의 경호원들은 달랐다.

자신들이 착용하는 아머슈트를 입었을 때보다 더 자연스러운 움직임을 보이고, 또 평균 이동속도는 모르겠지만, 순간 반응속도는 자신들이 착용한 아머슈트를 능가했다.

처음에는 이런 것을 받아들일 수가 없어 무척 당황했다.

성환에게서 객관적인 평가를 내려 달라는 부탁을 들었는데, 자신들의 판단이 틀렸다는 것을 알게 된 때문이다.

하지만 여기서 이들이 간과한 것이 있었다.

그건 바로 특임대들이 성환을 통해 특수한 기공을 배웠기 때문이다.

영약을 먹고 내공을 키웠다.

그러다 보니 특입대는 무협영화에 나오는 일류 무술가와 같은 초인이 되어 있었다.

내공을 운용하면 육상 신기록은 물론이고, 모든 기록경기의 기록을 갈아 치울 수 있는 신체 능력을 가지고 있는 것이 특임대들이었다.

그런 이들이 조금 무거운 장비를 착용한다고 해서 보통 사람들처럼 몸이 둔해지는 게 아니었다.

더욱이 아머슈트에는 이들의 근육을 보조할 인공근육이 삽입되어 있어 움직임을 보조해 주니, 이들의 움직임은 평상시 훈련을 할 때와 별반 다르지 않았다.

이러다 보니 오웬이나 그의 부하들이 판단 미스를 하고 경악을 했던 것이다.

다시 말해 성환에게 무공을 배운 특임대에게는 미국이 개발한 최신의 아머슈트보다는 ADD에서 개량한 한국형이 더 맞는 장비였다.

ADD의 연구원들도 사실 자체적으로 테스트를 할 때는 그리 신통하지 않은 아머슈트로 인해 낙담을 했었다.

물론 12.7㎜총탄까지 막아 내며 선전을 하긴 했지만, 생각보다 느린 움직임 때문에 전술적으로 그리 크게 주목받지 못했다.

자신들이 미국의 최신 기술을 접하고 개량한 것이 그저 초기 아머슈트를 기획하던 단계 정도에 머물렀다는 것에 낙담을 하고 말았다.

현재 아머슈트 기술은 각국에서 극비로 취급하며 공개를 하지 않았지만 상당한 수준에 올라 있을 것이라 예상하고 있다.

특히 요즘 여러 부분에서 각을 세우고 있는 일본은 경제대국이고 또 과학대국이다.

비록 1990년도에 있던 버블경제의 붕괴로 많이 위축이 되었다고는 하지만, 그들이 쌓아 놓은 부는 아직도 일본을 채권국으로 남겨 두었다.

미국이 일본이 미친 짓을 해도 그들의 편을 들어 주는 것은 모두 그런 이유에서이다.

그들이 발행한 채권의 상당량을 일본에서 보유하고 있기 때문에 그들의 비위를 어느 정도는 받아 주어야 했다.

그것이 아니라면 미국이 일본의 만행을 그냥 두고 보진 않을 것이다.

2.
피습 당한 김용성

와! 와!

번쩍! 번쩍!

콘서트가 벌어지고 있는 잠실 실내체육관은 현재 흥분의
도가니로 정신이 없었다.

자신이 좋아하는 스타가 나와 노래와 춤을 선보이면 그에
맞춰 팬들이 들고 온 응원 도구를 흔들며 소리를 질렀다.

성환은 그런 젊은 소년, 소녀들을 보며 감탄을 하였다.

저렇게 혼을 빼고 무언가에 집중을 할 수 있다는 것에 순
수하게 놀라고 있었다.

사실 성환이 저 나이 때는 이런 것에 눈을 돌릴 여유가 없

었다.

일찍 부모님을 여의고 누나의 뒷바라지를 받으며 컸기에, 일찍 철을 들어 힘겨운 누나를 조금이나마 돕기 위해 다른 것보다 공부에 집중했다.

—감사합니다.

노래를 부르던 가수는 자신의 노래에 호응을 해 주던 팬들에게 손을 흔들며 감사의 인사를 하고 무대 뒤로 나갔다.

성환이 이렇게 콘서트를 보러 오게 된 것은 전적으로 조카인 수진 때문이었다.

작년 가을에 졸업을 하고 국내로 들어왔다.

우여곡절 끝에 수진은 M&S엔터의 간판 아이돌 그룹인 트윙클의 새 멤버로 영입이 되었다.

그냥 수진 혼자 솔로 데뷔를 했다면 지금처럼 해를 넘기고 데뷔를 하지 않아도 되었지만, 트윙클 멤버들의 강요 아닌 강요에 의해 트윙클의 새 멤버로 합류해 데뷔를 하기에 이르렀다.

이 때문에 수진은 기존 트윙클이 발표했던 싱글앨범이나 정규앨범에 수록된 곡들을 익혀야만 했다.

그뿐 아니라 트윙클이 컴백을 해야 하는 관계로 신곡도 배우느라 무척 바빴다.

수진은 트윙클 컴백과 함께 자신의 데뷔가 있는 날 유일한 가족인 성환을 초대하고 싶었지만 그럴 수 없었다.

수진이 데뷔를 하는 그 시기에 성환은 특임대와 아머슈트를 테스트 하는 일정 때문에 중국에 있었기 때문이다.

수진이 정식으로 연예인이 되는 무대를 보지 못한 것이 아쉽기는 했지만, 그렇다고 할 일을 미룰 수는 없었다.

어쩔 수 없는 일이었지만 그 때문에 성환은 수진과 아영에게 무척이나 시달리게 되었다.

그래서 하는 수 없이 콘서트를 할 때는 꼭 보러 가겠다는 약속을 하였고, 이렇게 취미에도 없는 아이돌 가수의 콘서트가 벌어지는 잠실 실내체육관을 찾을 수밖에 없었다.

"사장님, 그만 가실 시간입니다."

성환의 비서는 콘서트 무대를 보고 있는 그에게 약속 시간에 맞추려면 지금 출발해야 한다는 말을 했다.

"알았다. 그냥 가면 또 수진이 하고 아이들이 뭐라 할 것이니 잠시 아이들 보고 가야겠다."

"그렇게 하십시오."

원래는 조금 더 구경을 하고 콘서트가 끝나면 트윙클과 함께 자축연을 하려고 했지만, 급하게 약속이 잡히는 바람에 어쩔 수 없이 이만 자리에서 일어나야만 했다.

달리는 차 안 성환은 피곤한지 눈을 감고 있었다.

무공이 극에 달해 체력적으로는 인간이 한계를 넘어선 성환이지만, 수진과 아영들의 수다를 들어 주다 보니 저절로 지쳐 버렸다.

약속 때문에 가 봐야 한다는 성환의 말에 트윙클 멤버들은 그런 성환을 무척이나 원망했다.

특히 조카인 수진과 그런 수진과, 단짝인 아영의 기세는 자못 앙칼져 마치 화난 고양이 같이 날을 세우고 따지는 모습이 성환을 긴장하게 만들기까지 했다.

그래서 성환은 두 사람의 마수에서 벗어나기 위해 어쩔 수 없이 다녀와서 근사한 저녁을 사겠다는 약속을 하고 자리를 빠져나왔다.

"피곤하시면 좀 눈을 붙이시지요? 도착하면 말씀드리겠습니다."

정신적으로 피곤해 이마를 짚는 성환을 보며 비서가 말을 했다.

하지만 육체적인 피로가 아니기에 성환은 조용히 그의 말을 한 귀로 듣고 한 귀로 흘렸다.

굳이 이런 것까지 일일이 그에게 설명을 할 필요는 없는 일이었기 때문이다.

차안은 그렇게 침묵이 흐르게 되었고 성환과 비서가 탄 차는 고속도로를 달려 부산에 도착했다.

◈　　◈　　◈

"사장님, 도착했습니다."

차는 어느새 약속 장소에 도착을 했다.

약속 장소는 부산에서 유명한 횟집이었다.

한때 부산을 장악했던 칠성파가 운영하던 아주 큰 활어횟집이었지만, 그들이 죄수를 탈옥시키려다 붙잡히는 바람에 조직은 풍비박산이 되고 말았다.

무엇 때문에 그런 위험한 짓을 했는지는 알려지진 않았지만 당시 칠성파 두목인 김상수는 조직의 핵심 조직원들을 모두 대동하고 있었다.

현행범으로 잡히는 바람에 빼도 박도 못하고 당시 함께했던 모든 조직원이 실형을 받았다.

최하 15년에서 25년까지 죄목에 따라 형을 언도 받았으며 특히 두목인 김상수는 30년이란 중형을 언도 받고 사실상 다시는 조직생활을 할 수 있는 길이 막혔다.

그의 나이 40대 초반인 그가 감형 없는 30년 수감 생활을 하고 나면 그의 인생은 끝났다고 보는 것이 맞았다.

사실 그들이 그렇게까지 중형을 받을 줄은 성환은 예상을 하지 못했다.

하지만 그들이 재판을 받는 동안 성환의 지시를 받아 부산 조직들을 정리하던 김용성이 찾아낸 칠성파의 비리로 인해 그렇게 무거운 중형을 받게 되었다.

칠성파는 부산을 주름잡기 전부터 잔인한 손속으로 유명했었다.

특히 적대 조직원에 대한 테러는 물론이고, 자신들을 수사하는 경찰이나 검사들에 대한 테러도 서슴지 않고 자행했음이 밝혀졌다.

그런데 칠성파가 이렇게 공권력에 도전을 했다면 공권력이 그냥 두지는 않았을 것인데 그들이 무사했다는 것은 고위층에 이들을 비호하는 세력이 있었기 때문이다.

하지만 김용성이 부산 조직을 통합하는 과정에서 나온 증거를 당시 김상수의 사건을 담당하던 황미영 검사에게 증거가 담겨 있는 장부와 고위층의 비리가 담긴 증거들을 보내면서 칠성파를 비호하던 고위층까지 된서리를 맞게 되었다.

나름대로 야망이 있던 김상수는 자신의 형인 김인수가 서양그룹 김춘삼 회장의 밑으로 들어가면서 넘겨준 조직을 키워 보겠다는 야심을 가졌다.

그저 김인수가 칠성파를 키우면서 상납을 하던 고위층 인사들의 명단을 넘겨받은 김상수는 그 장부를 가지고 착실하게 그들의 약점이 될 수 있는 거래 내역서를 따로 보관했다.

그것이 나중에 와선 자신의 족쇄가 되리라고는 예상하지 못하고서 말이다.

아무튼 칠성파가 그렇게 어이없이 정리되고 무주공산이 된 부산 암흑가는 발 빠르게 치고 들어온 김용성에 의해 통일이 되었다.

이미 서울에서 했던 일이기에 칠성파가 가지고 있던 불법 자금원들은 착실하게 용성의 명의로 변경이 되었다.

그렇게 칠성파의 자금원까지 모두 차지하기는 했지만, 그것이 지금 문제가 되었다.

칠성파가 운영하던 사업 중에는 순수 그들의 자금이 아니라 야쿠자의 자금도 있었기 때문이었다.

일본의 야쿠자들은 일본 내에서의 사업이 포화 상태란 것을 깨닫자 돈을 벌기 위해서 외국으로 눈을 돌렸다.

그중 경제 규모가 상당하면서도 외환자금의 관리가 취약한 한국으로 눈을 돌리게 되었다.

야쿠자들이 한국에 관심을 가지게 된 것은 외환 관리가 취약한 것도 있지만 외국에서 들어오는 자금의 출처를 따지지 않고 수용을 하는 것을 알게 된 때문이다.

사실 일본 내에서도 야쿠자의 검은 돈을 세탁하기란 여간 힘든 것이 아니다.

하지만 한국은 그렇지 않았다.

자신들이 어떻게 돈을 벌었든 상관이 없었다.

야쿠자들은 한국이 돈의 출처를 상관하지 않고 수용한다는 것을 알게 되자 불법도박이나 마약을 팔아 벌어들인 불법자금들을 한국에 송금하기 시작했다.

그렇게 보내진 야쿠자의 검은 돈은 대부업체로 흘러 들어갔고, 다시 고리의 이자를 받아 일본으로 송금이 되었다.

한마디로 합법적인 자금세탁 창구가 마련된 것이다.

이러한 사실을 깨달은 야쿠자들은 더욱 많은 자금을 한국으로 보내게 되었다.

그리고 칠성파와 거래를 하던 지옥카이(地獄會)도 여유 자금을 칠성파에 보내 대부업을 하였다.

고리의 이자를 물리며 승승장구하던 대부업체는 칠성파의 몰락과 함께 모든 자금이 김용성의 수중으로 들어가게 되었다.

이 때문에 야쿠자는 자신들의 자금을 회수하기 위해 용성과 협상을 벌였지만 김용성은 그런 야쿠자의 제안을 받아들이지 않았다.

예전 자신들과 거래를 하던 조직들은 자신들의 제안을 두려워하며 오야붕이라 부르며 자발적으로 자신들의 하부 조직이라 숙이고 들어왔다.

하지만 김용성은 그러지 않자 야쿠자들은 그를 제거하기 위해 히트맨을 보내기에 이르렀다.

그런데 김용성의 무력도 상당했고, 또 그의 곁에는 정식으로 성환에게서 무공을 배운 경호원들이 있었다.

KSS경호에서 파견 나간 경호원들은 초일류 경호원들을 능가하는 능력을 보유하고 있었다.

그런 김용성을 암살하기란 여간 힘든 것이 아니었다.

그런데 어느 순간부터 습격을 하는 히트맨들이 달라졌다.

일반적인 청부업자들이 아닌 특별한 능력을 가지고 있는 이들이 습격을 하기 시작한 것이다.

곁에 있는 경호원들이 초일류 경호원을 능가하는 실력이 있다고 하지만 습격을 하는 이들도 보통이 아니었다.

또한 기습을 하는 것이라 경호원만으로는 안전을 책임질 수가 없었다.

용성은 자신의 안전을 위해 과감한 판단을 했는데, 그건 바로 성환에게 도움을 요청하는 것이었다.

자신을 습격하는 이들이 결코 보통 사람들이 아니란 것을 확인하고 자신의 위신은 생각지 않고 바로 도움을 요청한 것이다.

기존 조직의 두목들이라면 그런 판단을 할 수 없었을 것이 분명했다.

왜냐하면 그들은 자신의 밑에 있는 동생들의 시선을 의식해야 하기 때문이다.

깡패는 가오, 즉, 체면을 무척이나 중요하게 생각한다.

그 때문에 약세를 보이게 되면 밑에서 치고 올라올 것을 두려워해 없어도 있는 척을 하게 되는 것이다.

하지만 용성은 이미 기존 조직폭력배와는 다른 노선을 달리고 있었다.

이미 서울에서 성환이 어떤 방식으로 조직들을 통일했으며 운영하는지 지켜보았기에 그대로 벤치마킹을 하여 부산에 자신만의 조직을 만들었다.

물론 그건 성환의 도움을 받아 그렇게 조직한 것이지만 말이다.

성환은 약속 장소인 횟집 밖에서 가계를 돌아보다 안으로 들어갔다.

횟집은 이미 일반 손님을 받지 않고 있었다.

용성이 그렇게 조치를 취한 것인데, 혹시라도 성환과 이야기를 나누는 데 방해를 받을 수 있기 때문이었다.

횟집 주변에는 용성의 부하들이 사주경계를 하고 있어 개미새끼 한 마리 접근할 수 없었다.

하지만 그런 과한 모습이 성환의 눈살을 찌푸리게 만들기도 했다.

필요에 의해 암흑가를 통일하게 만들기는 했지만 그들이 일반인을 위협하는 행동은 보기 좋지 않았다.

◆　　　◆　　　◆

오사카를 중심으로 교토와 효고, 나라현 등 주변 지역을 장악하고 있는 야쿠자 조직인 지옥카이는 심각한 자금난에 시달리고 있었다.

주변 4개 현까지 영향력을 행사하는 대조직인 지옥카이는 조직원 수만 해도 2만이나 되는 큰 조직.

그러다 보니 조직원을 유지하는 비용도 만만치 않게 들어간다.

일본 본토는 이미 자금원으로 활용할 것은 포화 상태라 오래 전부터 해외시장에 눈을 돌렸다.

그중 가장 심혈을 기울인 곳이 바로 한국의 부산이었다.

다른 지역보다 부산에 신경을 쓴 이유는 부산이 한국의 수도인 서울 다음으로 자금 흐름이 원활한 것이기 때문이다.

아니, 어떤 부분에서는 서울보다 부산이 더 나았다.

그 때문에 다른 야쿠자 조직이 부산으로 들어오려는 것을 막기도 했다.

많은 자금을 들여 부산에 있는 조직과 연계해 여러 가지 사업을 벌였다.

그중에는 호텔도 있고, 도박장도 있지만, 가장 신경을 쓴 것은 뭐니뭐니 해도 대부업이었다.

즉, 사채를 빌려 주고 이자를 받는 고리대금을 한 것이다.

현대 사회는 돈 있는 놈은 돈이 넘쳐나지만 그렇지 않은 서민들은 돈이 없어 허덕인다.

야쿠자는 그런 이들에게 돈을 빌려 주고 고리의 이자를 받는다.

만약 이자를 내지 못한다면 그에 상응하는 부동산이나 그 것도 없다면 인신매매, 혹은 장기매매도 서슴지 않았다.

그렇게 벌어들인 돈은 고스란히 조직으로 들어왔다.

일본 내에서 하는 대부업 보다 이자율이 높아 손질도 막대했다.

하지만 그것도 작년부터 끊어졌다.

자신들과 손을 잡았던 칠성파가 엉뚱한 짓을 벌이다 조직이 공중분해 되었기 때문이다.

그런데 정상적으로 칠성파와 거래를 했다면 거래 장부를 들고 한국에 찾아가 자신들의 자금으로 만들어진 사업채를 인수할 수 있었겠지만 지옥카이는 그러지 못했다.

그건 한국에 세금을 내지 않고 이익금을 모두 일본으로 송금하기 위해 칠성파와 계약을 했기 때문이다.

자신들은 배후에서 자금만 대고 전면에 칠성파를 내세운 것이다.

즉, 바지사장으로 내세워 조금의 수익금을 나눠 주고 세금은 그들이 내게 만들었다.

물론 칠성파가 보기에는 이익이 별로 없을 것 같지만 그 때문에 지옥카이의 야쿠자들을 공급받아 부산을 평정할 수 있었으니 그들로써도 손해만은 아니었다.

아무튼 지옥카이는 칠성파를 앞세워 사업을 벌였는데, 그 모든 사업채가 어느 순간 엉뚱한 사람의 명의로 변경이 되었다.

합법적으로 자신들은 부산에서 아니 한국에서 사업을 한 적이 없기에 속으로 끙끙 앓아야만 했다.

물론 자신들의 사업채를 가로챈 조직을 협박도 하고 협상도 해 보았지만 듣지를 않았다.

그래서 히트맨을 보내 보기도 했다.

히트맨을 보내 자신들의 돈을 가로챈 자를 처리하고 또 다른 앞잡이를 내세우면 되는 문제였기 때문이다.

그런데 아무리 히트맨을 보내도 보낸 지 며칠이 되지 않아 감감무소식이 되었다.

이 때문에 지옥카이 내부에서 난리가 났다.

점점 조직의 자금은 떨어지고 지옥카이 전체의 운신이 위축되었다.

이런 지옥카이의 움직임이 정상적이지 않다는 것을 포착한 주변 조직에서 지옥카이를 압박하기 시작했다.

지금 그 때문에 사태를 해결하기 위해 지옥카이에 속한 오야붕들이 모여 대책회의를 진행하기에 이르렀다.

"곤도! 그자는 아직도 우리의 제안을 받아들이지 않고 있나?"

"그렇습니다."

지옥카이 2대 두목인 타케다 유지로는 그의 고붕(부하, 양자)인 곤도를 불러 부산의 사업에 관해 물었다.

"김용성이란 자는 저희의 제안을 들을 생각도 하고 있지 않은 것으로 파악되었습니다. 아무래도 정보대로 그의 뒤에 서울연합이 있는 것이 확실합니다."

"음."

곤도의 이야기를 들은 타케다는 작게 신음을 흘렸다.

옛날 같았으면 다른 것은 신경 쓰지 않고 바로 밀어 버렸을 것이지만, 현 한일 관계 때문에 조직원들을 대량으로 한국으로 보낼 수가 없었다.

비록 말을 듣지 않는 김용성 때문에 히트맨을 보내고는 있지만 별반 소용이 없었다.

두목이 고민을 하고 있는 모습을 본 지옥카이 방계인 아라가미카이(荒神會)의 두목인 이치다 싱고가 말을 했다.

"오야붕! 부라쿠(部落)들을 쓰는 것이 어떻겠습니까?"

"부라쿠?"

"하이! 조직 내 히트맨으로 안 된다면 부라쿠들을 동원한다면……."

"안 됩니다. 어떻게 대 지옥카이에서 부라쿠들을 쓴단 말입니까! 만약 이런 말이 다른 조직의 귀에 들어간다면 저희는 웃음거리가 될 것입니다."

이치다 두목의 부라쿠란 말에 주변에 있던 다른 방계 조직의 두목들이 들고 있어났다.

부라쿠. 이 단어는 사실 아주 오래된 단어로 고대에 사회가 신분제에 묶여 있을 때 가장 밑에 있는 불가촉천민(不可觸賤民)들이 사는 마을을 가리키는 말이었다.

현대에 들어와 부라쿠란 단어가 사라졌다가 2011년 후쿠시마에서 원전폭발 사고가 일어난 뒤로 후쿠시마와 방사능에 오염된 인근 지역에 사는 피복된 주민들을 가리키는 단어로 다시 떠오르게 되었다.

접촉하는 것도 꺼려지는 아주 불결한 인간이란 뜻을 가진 불가촉천민이란 단어를 억울한 피해자인 그들에게 들이대는 것이 문제가 있어 보이기는 하지만, 어쩔 수 없는 일이었다.

후쿠시마와 주변 지역은 방사능으로 오염이 되어 가축이나 농작물 심지어 수산물까지 고농도의 세슘에 오염이 되어 있었다.

만약 모르고 방사능에 오염된 작물이나 고기 등을 섭식을 했다가는 그 사람도 방사능에 피폭이 되었다.

후쿠시마 사태 직후에 사고를 당한 지역 주민을 돕자는 차원에서 농산물, 수산물 등 사고지역에서 생산된 물건을 사 주자는 운동이 벌어졌다.

하지만 그것도 잠시 오염 지역에서 생산된 농산물가 수산물 등을 섭취한 사람들이 급성 백혈병 등, 방사능에 피폭이 되었을 때 나타나는 병에 노출이 되면서 농산물은 물론이고, 모든 생산품에 관해 거부하기 시작했다.

뿐만 아니라 그에 그치지 않고 오염 지역의 주민들까지 꺼려 하기 시작했다.

그런데 문제는 그뿐만이 아니었다.

일본 정부는 비밀리에 오염 지역에 살던 주민들의 이동을 제한하기 시작했고, 오염 지역으로 이동하는 것까지 통제를 했다.

하지만 사람이 살아가는 데는 규정대로만 진행되지는 않았다.

방사능에 피폭이 되었던 사람들은 살아남기 위해 오염이

덜한 지역, 오염이 되지 않은 지역으로 탈출을 감행했다.

그 과정에서 많은 사람들이 죽기도 하였지만 몇몇 사람들은 운이 좋았는지 정부의 감시를 피해 오염이 되지 않은 지역으로 숨어들 수 있었다.

그런데 부라쿠가 알려진 것은 한 사건 때문이다.

방사능에 피폭이 된 사람들 중 일부 돌연변이를 일으킨 주민들이 나오기 시작했다.

열성으로 세포가 괴사하고 그래야 하는데, 우연하게도 방사능에 오염된 세포가 비이상으로 증식해, 보통 사람과는 다른 괴력을 괴인이 되어 버렸다.

평범한 일본인 평균 신장을 능가하는 2m가 넘는 거인들이 나오고, 또 어떤 이들은 고릴라처럼 근육이 부풀어 오르는 등 부라쿠들의 특징이 나타나기 시작했다.

그들의 특징은 무척 힘이 세다는 것이다.

또 인간이 사회를 이루고 또 문명이 발달하면서 잊었던 야성을 되찾았다.

처음 그들을 목격한 이들은 그들을 오니(귀신)이라 부르며 무척 두려워했다.

정말로 이성을 잃은 그들의 싸움은 무척이나 야만적이고 두려운 것이었다.

그리고 그런 부라쿠들을 야쿠자들이 그냥 두고 보지는 않앗다.

살기 위해 돈이 필요한 부라쿠들은 싼 가격에 용병으로 야쿠자들의 전쟁에 동원이 되었다.

사실 지옥카이가 지배하고 있는 오사카는 야쿠자 최대 조직인 야마구치구미(山口組)의 본거지였다.

하지만 야마구치구미는 신생조직인 지옥카이와의 전쟁에서 사라졌다.

야마구치구미가 사라졌을 때 전국에 있던 야쿠자들은 물론이고 일본의 정관계도 깜짝 놀랐다.

야쿠자의 정점에 있던 야마구치구미는 평범한 깡패조직이 아니었다.

일본에 있는 야쿠자 조직 중 최대 규모를 자랑하는 곳으로, 조직원이 20만 명에 이르던 일본 아니, 세계 최대 조직 중 하나였다.

하지만 이들은 부라쿠들을 용병으로 고용한 지옥카이와의 전쟁에 패해 사라졌다.

이때 부라쿠들은 총과 수류탄으로 무장한 야마구치구미 조직원들을 상대로 일방적인 전과를 올렸다.

부풀어 오른 그들의 근육은 야마구치구미 조직원들이 쏘는 총알에 약간의 피해만 입을 뿐이었다.

이렇듯 부라쿠의 위험성을 깨달은 야쿠자들은 지옥카이가

야마구치구미를 상대로 했던 것처럼 자신들과 대립을 하고 있는 조직과 전쟁을 할 때 부라쿠들을 동원하기 시작했다.

서로 괴물인 부라쿠들을 동원하다 보니 야쿠자들의 전쟁은 그야말로 살육의 현장이 되었다.

그렇게 살육의 시간을 보내던 야쿠자들은 이렇게 시간이 지속되면 자신들은 공멸하고 말 것이란 생각이 들었다.

보통 인간들은 부라쿠들의 상대가 되지 않았다.

그들의 단단한 육체는 일반 총기로는 제압이 불가능하다는 것을 알게 된 야쿠자들은 처음에는 쉽게 쓰다 버릴 수 있는 용병 정도로 생각하고 전쟁에 동원을 했었다.

그러다 어느 순간 부라쿠들이 집단 행동을 하는 것을 목격했다.

부라쿠들도 돌연변이이기는 하지만 인간들.

값싼 비용으로 고용되던 그들이 어느 순간 자신들의 권리를 주장하기 시작했다.

물론 그것은 들어줄 수 없는 일이었다.

어떻게 하든지 그들이 뭉치는 것을 방해하며 한편으로는 야쿠자들은 뒤로 협정을 맺었다.

부라쿠들을 용병으로 사용하지 말자는 비밀 협정을 맺은 것이다.

물론 어디서나 반골이 있기 마련이다.

그렇게 협정을 맺었어도 부라쿠를 사용하는 곳이 있었다.

그럴 때면 다른 조직들도 연합을 해 그들을 철저히 응징을 했다.

아무튼 야쿠자들에게 부라쿠는 여러모로 가까이 하지 못할 존재였다.

그런데 이치다 싱고는 불가촉천민인 부라쿠를 사용하자는 제안을 한 것이다.

이 때문에 여러 조직의 두목들이 반대를 하였다.

하지만 타케다는 이치다의 말에 눈을 반짝였다.

확실히 그들이라면 지금까지 자신들이 보낸 히트맨 보다 확실한 카드였다.

그들은 보통 사람들이 상대할 수 없는 괴물이었다.

국내 조직을 치는 것도 아니니 충분히 이해를 시킬 수 있었다.

그리고 현재 그런 것까지 따질 겨를이 없었다.

이미 지옥카이는 국내는 물론이고, 한국 조직에 체면을 구겼다.

일본 내에 야쿠자들 사이에 자신들이 한국의 조직에 물먹은 것이 소문이 파다했다.

그렇기 때문에 더 이상 이것저것 따질 겨를이 없었다.

"그만!"

타케다 두목은 한참 입 싸움을 하고 있는 이들을 조용히 시키고 처음 안건을 꺼낸 이치다 싱고을 보며 지시를 내렸다.

"이번 일은 아라가미카이의 이치다 싱고가 책임을 지고 추진한다. 부산의 김용성을 굴복시킨다며 아라가미카이에 20% 지분을 양보한다."

"하이! 오야붕, 감사합니다."

타케다의 말에 이치다는 마치 일이 모두 끝난 것처럼 감사 인사를 했다.

한편 그런 이치다의 모습을 보는 다른 두목들의 표정이 보기 좋게 찌푸려졌다.

입으로는 부라쿠를 사용한다는 말에 반발을 했었지만 지금은 자신이 먼저 그런 말을 하지 못했던 것에 대한 후회를 하고 있었다.

넓은 실내에 테이블 한 자리만 손님이 자리하고 있는 횟집

정상적이라면 손님이 거의 없는 것 때문에 주인의 표정이 좋지 않아야 정상이겠지만, 이곳 부산 활어횟집의 사장은 그렇지 않았다.

아니, 오히려 지금 상황이 더 좋은 것인지, 아니면 로또라도 맞은 듯 푸근한 미소를 지으며 달랑 한 테이블만 있는 손님을 정성들여 접대를 하고 있었다.

"회장님, 더 필요한 것은 없습니까?"

"김 사장님, 이 정도면 된 것 같습니다. 저희는 긴히 할 이야기가 있으니 자리 좀 피해 주십시오."

"예, 알겠습니다."

주인은 김용성의 말에 얼른 자리를 뜨려고 했다.

하지만 뒤이어 들린 김용성의 말에 입이 함지박 같이 벌어졌다.

"밖에 있는 직원들에게도 회 좀 가져다주십시오."

"예, 알겠습니다."

사실 횟집 사장이 손님이 별로 없는데도 기분이 좋았던 이유는 다름 아니라 용성이 성환과 이야기를 하기 위해 오늘 하루 전세를 냈기 때문이다.

하루 매상을 책임지기로 하였기에 손님을 하루 받지 못한다고 울상이 될 필요가 없었다.

솔직히 예전 칠성파가 자리 잡고 있을 땐 엄두도 못 냈던 일이었다.

칠성파가 회합이 있을 때면 횟집 사장은 울며 겨자 먹기로 하루 매상을 포기해야만 했었다.

뿐만 아니라 공짜로 먹으면서도 무슨 놈의 요구는 그리 많았는지 정말로 말로 하기 힘들 정도로 힘들었다.

하지만 김용성이 일대를 잡고 나서는 그런 일이 싹 사라졌다.

깡패들이 모두 사라진 것은 아니지만 그들의 행동들이 많이 바뀌었던 것이다.

아직도 일부 양아치들이 남아 있긴 하나 그런 이들은 눈에 뛰게 사라지고 있어 갈수록 부산의 상권이 살아나고 있었다.

그 때문에 부산에 있는 상인들은 김용성을 진정한 건달이라며 부르기에 주저하지 않았다.

김용성은 철저하게 주변 상인들과의 관계를 계약 관계로 맺어 관리를 했다.

부산연합이 공권력의 견제를 받지 않고 자리를 잡기 위해선 예전 구태의연한 조폭의 모습을 보여선 안 되었다.

아무리 깨끗한 모습을 보이고 합법적으로 사업채를 운영한다고 해도 경찰이나 검찰에서 표적 수사를 한다면 쉽게 무너질 수도 있었다.

그렇기에 김용성은 최대한 약점을 잡히지 않기 위해 휘하 조직원들에게 철저하게 교육을 시켰다.

함부로 주변 상인들에게 피해를 입히는 조직원이 있다면 철저하게 응징을 해 주었다.

그래서 그런지 상인들은 이제는 안심을 하고 자신들의 사업에 열중을 할 수 있었고, 그것이 매출 신장으로 이어져, 자진해서 보호비를 가져다주기에 이르렀다.

보호비라는 것이 합법적인 것은 아니지만, 상인들이 안전하게 장사를 할 수 있게 질서를 유지해 주는 것 때문에 말썽 없이 안전하게 생업에 종사할 수 있음에, 자발적으로 내는 것이라 경찰도 어쩌지 못한다.

주인도 나가고 주변에 아무도 없자 용성은 진지하게 성환에게 자신이 성환을 청한 이유를 말하기 시작했다.

"이제 말해 봐라."

"예, 제가 긴히 뵙자고 한 것은 사실 그동안 야쿠자가 보낸 히트맨을 잘 막아 왔는데, 요 근래 한계에 이르러 도움을 청하기 위해 청한 것입니다."

성환은 용성의 말에 고개를 갸웃거렸다.

자신이 알고 있는 김용성의 능력이라면 일류 청부업자라 해도 충분히 맞상대가 가능할 것인데 이런 약한 소리를 하자 의아해 물었다.

"그 정도라면 굳이 날 이곳까지 부를 필요는 없었을 것인데?"

"지금까지야 그랬는데, 이번에 온 자들은 뭔가 달랐습니다."

"다르다? 어떻게 다르다는 것이지?"

용성은 성환의 질문에 며칠 전 자신을 습격했던 괴물에 관해 설명을 했다.

"그게 어두워 정체를 확실하게 본 것은 아니지만, 보통 사람은 아니었습니다. 아니, 괴물이라고 하는 것이 맞을 것 같습니다."

"괴물?"

"예, 키는 2.3m정도 되는 것 같았고, 몸이 얼마나 단단한지 회장님이 붙여 준 경호원이 힘을 제대로 써 보지도 못하고 튕겨 나가더군요."

성환은 용성의 말을 듣다 눈을 반짝였다.

비록 용성에게 붙여 준 경호원이 이제는 회사 내에서 그리 실력이 뛰어나다 볼 수는 없지만 그래도 웬만한 격투기 선수를 능가하는 그런 사람이었다.

그런데 그런 경호원이 상대가 되지 못했다는 말에 관심이 생겼다.

"좀 더 자세히 설명을 해 봐. 어떻게 된 것인지."

"예."

용성은 성환의 말에 조금 더 자세하게 당시 자신이 습격을 당했던 상황을 설명을 했다.

새벽 2시 부산 연합에 속한 지역 두목들과 친목을 도모하기 위해 회합을 가졌다.

칠성파가 사라지고 자신이 회장인 성환의 지시를 받고 부산에 내려와 부산에 있는 조직들을 통합했다.

서울연합 아니, 자신이 속해 있던 만수파에 있을 당시 자신을 따르던 부하들을 데리고 부산까지 내려왔다.

부산을 주름잡던 칠성파가 사라지면서 힘의 공백이 생긴 부산은 자신이 데리고 있는 부하들만으로도 충분하다 생각했지만 회장은 만약의 사태를 위해 인원을 지원해 주었다.

한때는 자신의 밑에 있던 어린아이들이 어느새 괴물이 되어 지원을 온 것이다.

그들을 보면서 용성은 자신이 조금만 젊었더라면 하는 생각마저 들었었다.

이미 그들의 능력은 자신을 한참 벗어나 있었기에 사내로서 참으로 부러웠다.

하지만 김용성이 그렇다고 자신의 직분을 망각한 것은 아니다.

어차피 그들과 자신이 해야 할 일은 이제 달랐다.

그들은 한때 이런 조폭의 일을 했었지만 지금은 양지로 넘어가 번듯한 직장인이 되었다.

그것이 부러운 것은 사실이지만 자신은 성환의 말대로 자신만이 할 수 있는 일을 하면 되는 것이다.

다른 조직폭력배들이 나오지 못하게 부산지역을 확실하게 휘어잡으면 되었다.

이런 저런 생각을 하다 피곤한 느낌에 눈을 감았다.

그렇게 얼마나 있었을까? 갑자기 타고 있던 차가 무언가에 부딪치는 것을 몸으로 느꼈다.

쿵!

"어이쿠! 무슨 일이야?!"

"위험하니 안에 계십시오."

갑작스런 충격에 무슨 일인지 몰라 물었지만 들려온 것은 자신의 옆자리에 있던 경호원의 간단한 대답이었다.

경호원은 자신에게 차 안에 있으라는 말을 하고는 빠르게 밖으로 나가 상황을 살폈다.

용성은 밖으로 나가는 경호원의 모습을 보다 희미한 불빛 사이로 보이는 자신이 타고 있던 차의 모습을 보게 되었다.

"아니, 저게 어디서 날아온 것이야!"

용성의 눈에 돌로 된 벤치가 차의 엔진룸에 떡하니 박혀 있는 모습이 보였다.

그 때문에 달리던 차가 멈춘 것이었다.

언뜻 봐도 100kg은 되어 보이는 돌 의자. 누가 저걸 던진 것인지 알 수가 없었다.

경호원이 나오지 말라 했지만 도저히 궁금증을 참을 수가 없어 밖으로 나온 용성은 엔진룸에 있는 의자를 보다 주변을 살폈다.

그렇게 주변을 살피니 이들이 있던 곳에서 30m 떨어진 곳에 사람 그림자가 보였다.

딱 봐도 그들이 범인 같았다.

새벽 2시라 인적이 끊긴 도로에 사람의 그림자가 보인다는 것이 이상했고, 또 지금 있는 도로는 주변에 인가나 상가가 있는 지역도 아니었다.

그러니 당연 그들이 저 돌 의자를 던진 범인이 확실했다.

용성이 멀리 떨어진 그들을 지켜보자 그들도 그제야 움직이기 시작했다.

"당신이 부산을 통일한 김용성인가?"

저 멀리서 들려온 소리는 한국어가 아닌 일본어였다.

'야쿠자구나!'

용성은 들려온 일본어로 인해 요 근래에 좀 잠잠하더니 다시 야쿠자의 히트맨이 왔다고 생각했다.

"야쿠자로군!"

혹시 자신이 잘못 생각한 것은 아닌지 확인하기 위해 어색

한 일본어로 물었다.

그런 용성의 질문에 상대가 대답을 했다.

"난 지옥카이의 지파(支派)인 아라가미카이의 야마시타 히로라고 한다."

"야마시타 히로? 그런데 무슨 일이지?"

자신의 신분을 밝힌 야쿠자에게 자신을 찾은 이유를 물었다.

그러자 야마시타는 자신이 용성을 찾아온 용건을 말했다.

"그동안 우리는 너에게 많은 기회를 주었다. 하지만 넌 우리의 제안을 거듭 거절을 했다. 그래서 이젠 더 이상 참지 않고 널 제거하기로 결정되었기에 내가 널 처단하기 위해 이렇게 찾아왔다."

야마시타는 마치 사무라이가 결연한 다짐을 하듯 용성을 향해 소리쳤다.

그런 어처구니없는 모습을 지켜보던 용성은 어이가 없었다.

그럼 그동안 자신을 죽이기 위해 히트맨을 보낸 것은 무엇이란 말인가?

만약 흔한 조폭이었다면 야쿠자가 보낸 히트맨들에게 진즉 죽었을 것이다.

사실 야쿠자가 그동안 보내 온 히트맨들은 일류 청부업자는 아니지만 그렇다고 흔히 보는 양아치들이 아니었다.

만약 자신의 곁에 성환이 보내 준 경호원이 없었거나, 자신의 능력이 떨어졌다면 진즉 저들의 의도대로 죽었을 것이다.

하지만 자신이나 경호원의 실력은 일류 청부업자들이 온다고 해도 능히 피할 수 있었다.

그렇기에 지금까지 이들이 보낸 히트맨들에게서 살아날 수 있었다.

"훗, 마치 그동안 날 많이 배려를 해 주었다고 하고 싶은가 보군!"

"당신의 말이 맞다. 우린 그동안 널 많이 생각해 배려를 해 주었다. 하지만 넌 그런 우리의 은혜를 잊고 감히 조직의 자금을 착복했다."

"그것이 어떻게 해서 너희 것이라 말하는 거지? 너희가 이곳에 투자했던 돈의 몇 배나 일본으로 가져가지 않았나!"

"그건 당연한 것이다. 투자를 해 이익을 내고 그 수익을 가져가는 것은 정당한 것이다."

"너희는 정당하지 않게 우리의 돈을 아니 피땀을 강탈했다. 너흰 한국에서 불법으로 영업을 하고 세금도 내지 않았다. 뿐만 아니라 인신매매까지 하지 않았나! 그러니 난 내가 차지한 것을 돌려줄 생각이 없다."

용성은 야쿠자의 말에 반박을 하며 그들의 자금이 들어간 사업채를 일절 돌려줄 생각이 없다는 것을 다시 한 번 들려주었다.

솔직히 자신이 조금 만 힘이 더 있었더라면, 아니, 성환과 같은 힘이 있었다면 당장이라도 일본으로 쳐들어가 야쿠자들을 모두 쓸어버리고 싶었다.

칠성파의 본거지를 털면서 찾아낸 장부에서 칠성파와 야쿠자가 어떻게 손을 잡고 서민들의 고혈을 뽑았는지 알게 되었다.

돈을 빌리러 오는 사람들을 속여 고리의 대출을 받게 하고 당사자가 갚을 능력이 없으면 가족은 물론이고 친족들까지 협박을 해 돈을 뜯어냈다.

그 과정에서 반반한 외모를 가지고 있는 여자가 있으면 빚을 탕감해 준다는 감언이설로 꾀어 신세를 망쳤다.

술집은 물론이고 사창가에 팔아넘기기도 했다.

뿐만 아니라 학자금 마련을 위해 대출을 받은 대학생에게는 외국취업을 알선한다며 일본의 술집에 팔기도 했다.

이때도 작성하는 계약서를 위조해 일을 하면 할수록 빚을 지게 만들어 죽을 때가지 빚 속에서 벗어나지 못하게 만들었다.

이런 사실을 알아낸 용성은 야쿠자란 말만 들어도 치가 떨릴 지경이다.

그런데 그런 용성에게 야쿠자가 자신들의 사업채를 돌려달
라고 한다면 그것을 들어주겠는가?

그래서 용성은 야쿠자가 자신에게 칠성파가 했던 것처럼
자신들의 사업채를 대리 운영을 해 준다면 칠성파가 했던 것
보다 더 많은 지분을 약속한다고 제안했어도 거절하고 오히
려 그들이 알려준 사업채까지 가로챘다.

비록 그것이 불법이지만 야쿠자들도 불법으로 조성한 사업
채라 용성이 힘으로 뺏었어도 경찰에 신고를 하지 못했다.

용성은 그렇게 야쿠자에게 뺏은 사업채들을 모두 합법화해
서 자신의 사업채로 등록을 해 버렸다.

그때부터 야쿠자는 용성과 협상이 아닌 히트맨을 보내 용
성을 죽이려 했다.

"사부로, 저자를 죽여라!"

야마시타는 말이 통하지 않는다는 것을 깨닫고 자신과 함
께 온 사부로에게 명령을 내렸다.

야마시타의 곁에서 멍하니 서 있던 사부로는 야마시타의
말이 떨어지자 거칠게 숨을 들이마시기 시작했다.

"후흡, 후흡."

한편 야마시타와 말싸움을 하던 용성은 그의 곁에 있는 덩
치를 보며 긴장을 했다.

자신도 190㎝가 넘어 한 덩치를 하는데, 그런 자신이 가슴 어림밖에 안 올 것 같은 큰 키에, 딱 봐도 그자는 웬만한 여자 허벅지 같은 굵기의 팔 근육을 가졌다.

어두워 정확하게 보이는 것은 아니지만 마치 영화 속 거인이나 헐크를 보는 듯했다.

그런데 이상하게 자신의 신경을 거스르게 하는 것이 하나 있었다.

용성은 야마시타의 옆에 있는 덩치의 팔이 유난히 길다고 생각했다.

마치 고릴라나 오랑우탄 같은 유인원에게서 볼 수 있는 그런 긴 팔이었다.

다리에 비해 유난히 긴 팔을 보며 생각을 했다.

'저 팔에 맞으면 중상을 면키 어렵겠다.'

풍선처럼 부풀어 오른 근육으로 싸인 긴팔은 보는 것만으로 위압감을 풍겼다.

"잠시 물러나 계십시오."

용성이 사부로란 사람의 모습에 긴장을 하고 있을 때, 용성의 경호원으로 파견된 이한수는 긴장된 눈으로 사부로를 노려보며 용성의 앞으로 나섰다.

야마시타의 명령이 떨어지자 흥분을 하기 시작했던 사부로는 자신의 피부를 따갑게 하는 감각에 흥성을 터뜨렸다.

"우와악!"

마치 분노한 야생원숭이가 경고를 하듯 고함을 치는 사부로의 모습에 그의 옆에 있던 야마시타는 긴장을 하기 시작했다.

비록 자신과 함께 오긴 했지만 부라쿠가 흥분을 했을 땐 통제가 힘들었다.

사실 자신과 사부로는 계약 관계에 있는 것으로 조직에서 부라쿠인 그를 용병으로 고용을 했다.

많은 야쿠자 조직들이 항쟁의 시대에 부라쿠들을 고용해 용병으로 활용을 했었다.

하지만 항쟁의 시대는 오래가지 않았다.

그 이유는 피를 본 부라쿠들이 흥분을 하게 되자 적과 아군을 구분하지 못하고 공격을 했기 때문이다.

그런데 특이하게도 부라쿠들은 절대 자신과 비슷한 부라쿠들은 공격하지 않는다는 것이었다.

항쟁을 하면 할수록 자신들의 세력만 줄어든다는 것을 깨달은 야쿠자들은 전쟁을 멈추고 협정을 맺었다.

그렇게 야쿠자의 항쟁이 끝나고 부라쿠를 사용할 때 부작용에 관해 널리 알려지게 되어 그 뒤로는 부라쿠들을 대규모 항쟁에는 사용하지 않게 되었다.

그런데 지금 피를 본 상황도 아닌데, 시작부터 이상하게 흥분하는 사부로의 모습에 야마시타가 긴장할 수밖에 없었다.

한 번도 이런 모습에 대한 보고가 없었기 때문이다.

'뭐야! 무슨 일이야!'

야마시타는 흥분하는 사부로의 모습에 겁을 집어먹고 어떻게 해야 할지 갈피를 잡지 못하고 우왕좌왕 하며 시간을 허비했다.

그 시각 이한수는 자신이 상대해야 할 사부로란 거인이 보통이 아니란 것을 깨달았다.

비록 정상적으로 보이는 것은 아니지만 일단 덩치와 풍기는 흉성만으로 평범하지 않다는 것을 알 수 있었다.

'이거 잘못하면 큰 낭패를 볼 수도 있겠군!'

사부로가 비록 2m가 넘는 거인이라 하지만 결코 겁먹은 것은 아니었다.

솔직히 이한수는 지금 눈앞에 있는 사부로보다 더한 괴물들을 알고 있기 때문이다.

깡패였던 자신을 갱생시켜 준 교관들이 그들이다.

아니, 그런 교관들도 울고 갈 진짜 괴물은 자신의 사장이란 것을 잘 알고 있었다.

그러니 비록 겉보기에 진짜로 괴물 같은 사부로의 모습에도 그렇게 위험하단 생각은 들지 않았다.

"자, 덤벼!"

용성의 앞을 막고 자세를 잡은 이한수는 사부로를 보며 소리쳤다.

일본어를 몰라 한국말로 소리쳤지만 그런 이한수의 말을 못 알아들을 수는 없었다.

딱 봐도 말은 다르지만 자신에게 덤비라는 말 같았기 때문이다.

이한수가 자세를 잡고 기다리자 사부로도 그런 이한수의 모습을 부고 달려들었다.

이미 계약자에게 저들을 죽이라는 명령이 떨어졌으니 망설일 이유가 없었다.

자신은 계약자가 시킨 일을 하고 돈만 받으면 된다.

방사능 오염의 부작용으로 엄청난 힘을 얻었지만 사부로는 지능이 8세 정도에 멈췄다.

부라쿠들의 공통점이 바로 이것이다.

성인의 몇 배에 해당하는 힘을 가졌지만 이들의 지능은 무척이나 낮았다.

엄청난 힘 때문에 노가다와 같은 일을 하면 돈을 많이 벌 수 있을 것 같지만 일본의 현실은 또 그렇지 않았다.

외모 자체가 보통 일본인들과 무척이나 달랐다.

보통 일본 성인의 한 배 반이나 되는 거대한 덩치도 덩치이지만, 두꺼운 근육질의 몸, 그리고 우락부락한 얼굴 결정적으로 마치 뿔처럼 도드라진 이마의 혹들은 이들을 정상인으로 보이지 않게 만들었고, 그래서 불가촉천민으로 불리게 만들었다.

그런 외모 때문인지 부라쿠들은 사람들에게 속하지 못하고 따돌림을 받았다.

어린 아이들은 순수하다, 하지만 그 순수함이 선하다는 것과는 같지 않다.

그런 어인 아이의 지능을 가진 부라쿠들은 죽을 때까지 그런 순수함을 간직하고 살아간다.

하지만 그 순수함이 때로는 잔인한 결과를 낳기도 한다.

바로 어린 아이들이 아무런 가책도 없이 개구리를 돌바닥 던지는 일, 말이다.

바닥에 던져진 개구리의 결말은 빠하다.

복부가 파열되고 뼈가 부러지고 죽는 것이다.

지금 사부로는 자신의 피부를 따끔하게 하는 기운을 풍기는 한수를 그냥 둘 수가 없었다.

자신을 괴롭게 하는 적을 어서 빨리 처리해야 한다는 생각만이 머릿속을 가득 메웠다.

"죽어!"

고함을 지르며 달려드는 사부로, 그런 위압적인 모습에 용성은 자신도 모르게 주춤 뒤로 물러났다.

자신의 앞에는 경호원이 이한수가 지키고 있는데, 달려드는 사부로의 모습이 너무도 위압적이 본능적으로 뒤로 물러선 것이다.

한편 이한수는 잔뜩 긴장을 했다.

아랫배에 힘을 주고 달려드는 사부로의 평범하지 않는 기세를 억지로 참으며 버텼다.

'이거 장난이 아니네!'

속으로 쉽지만은 않다는 것을 깨닫고 입술을 깨물었다.

기세가 자못 위험해 보이지만 못 버틸 정도는 아니었다.

"핫!"

이한수도 이대로 있다가는 기세에 눌릴 것이란 생각에 마주 보며 기합을 질렀다.

기합을 지르니 어느 정도 몸을 옥죄던 기세가 풀렸다.

긴장감이 풀리자 달려드는 사부로를 향해 마주 뛰었다.

긴 팔을 이용해 공격하는 사부로의 공격을 살짝 피하며 카운터를 먹였다.

자신의 주먹이 적의 턱에 꽂히는 것을 확인하고 안심을 하던 한수는 순간 눈앞이 번쩍이는 것을 느꼈다.

쾅!

'억! 이게 어떻게 된 것이야!'

분명 상대의 공격을 피해 크로스 카운터를 먹였다.

그런데 충격은 자신이 받았기에 한순간 정신이 멍해졌다.

원인을 알 수 없는 통증에 머리가 울렸기 때문이다.

그가 사부로의 공격을 피해 크로스 카운터를 먹이긴 했지만 사부로 또한 자신의 공격이 통하지 않자 바로 반대 손으로 한수를 공격했다.

다만 생각보다 이한수의 공격이 강력했기 때문에 카운터의 카운터로 받아친 사부로의 공격은 100%로 들어가지 못했다.

만약 사부로의 역 카운터가 제대로 들어갔다면 아마 이한수는 이 세상 사람이 아니었을 것이다.

그만큼 부라쿠들의 공격은 엄청난 위력을 가지고 있었다.

사부로의 역공을 받은 한수는 뒤로 5m나 날아가 바닥에 떨어졌다.

바닥에 떨어진 충격으로 몸이 정상적이진 않았지만 그 고통이 오히려 머리를 맞은 충격에서 정신을 차릴 수 있게 만들었다.

한편 단 한 번의 공방이었지만 야마시타는 경악했다.

부라쿠의 주먹을 맞고 살아 있는 사람을 본 것도 놀랍고, 또 보통 사람이 부라쿠를 상대로 충격을 줄 수 있다는 것도 놀랐다.

'설마 저 한국 놈도 부라쿠와 같은 놈인가?'

야마시타는 사부로를 상대하고 있는 이한수를 사부로와 같이 방사능에 오염된 돌연변이인가? 하는 의심을 하였다.

하지만 곧 그건 아니란 생각이 들었다.

야마시타가 그렇게 생각한 이유는 바로 부라쿠들은 그들만의 커뮤니케이션이 있는지 아니면 같은 처지라 동질감을 느끼는 것인지는 모르지만 서로 싸우지 않는다.

그런데 지금 이한수와 사부로는 죽기 살기로 싸움을 하고 있으니 사부로를 상대하고 있는 이한수는 부라쿠가 아니란 소리였다.

김용성을 습격해 죽이기 위해 왔던 야마시타는 자신의 목적도 잊고 사부로와 이한수의 싸움을 지켜보았다.

도저히 인간의 싸움이라고 보기 어려운 싸움이 벌어지고 있었다.

고대 로마의 콜로세움에서 벌이는 인간과 야수들의 싸움이 현대에 벌어진 것 같은 무척이나 흉포한 광경이지만 김용성과 야마시타는 두 사람의 싸움에서 눈을 뗄 수가 없었다.

3.
야쿠자의 지원군

부산 영도 하리에 있는 힐튼 호텔 펜트하우스.

일본의 많은 부동산 업자들은 한창 버블경제가 판을 칠 때 일부 자산가들이 지진이 많은 본토보다 안전한 곳에 집을 가지길 원한다는 것을 알고 국외로 시선을 돌렸다.

북아메리카나 남미는 물론 하와이까지 많은 곳에 투자를 하며 부동산을 사들였다.

안전한 땅에 집을 짓고 삶을 영위하는 것을 꿈꾸던 많은 일본인들이 경제사정에 따라 미국이나 남미에 있는 많은 나라로 그렇게 이민을 갔다.

하지만 여유가 없어 이민을 가지 않은 사람들을 위한 투자

처도 마련해 두었다.

일본의 부동산 업자들은 그런 어느 정도 자산이 있는 중산층들을 위한 국외의 안전한 주택지로 한국을 선택했다.

그런데 버블 경제가 무너지면서 북미나 남미에 집 마련을 했던 사람들이 실패를 본 반면, 한국에 내 집 마련을 했던 오히려 큰 성공을 걷었다.

한국에 집을 마련한 사람들이 선호했던 지역은 일본과 가까운 부산 지역이었다.

부산에서 일본으로 출퇴근을 할 수 있을 정도로 가까워 많은 일본인들이 선호를 했다.

더욱이 한국 부산의 땅값은 무척 싸 일본에서 집을 구입하는 비용이면 상당이 큰 평수의 집을 마련할 수도 있어 사실 없어서 못 팔 정도였다.

이곳 영도는 그런 시기에 무척이나 많은 일본인 투자자들이 너도나도 투자를 해 고층 아파트와 호텔들이 들어서게 되었다.

힐튼 호텔도 이때 건설된 호텔 중 하나.

야마시타는 지금 일본인이 소유주로 있는 호텔인 이곳 힐튼 호텔 펜트하우스에 묶고 있었는데, 사실은 두목의 명령으로 부산연합의 두목인 김용성을 처단하고, 그가 차지한 조직의 사업채들을 되찾기 위해 습격을 했지만, 실패를 하고 이곳에 숨어 있는 중이다.

해결사 일을 하는 부라쿠 사부로와 함께 김용성이 부산연합에 속한 두목들과 회합을 한다는 사실을 알고 그가 회합을 하고 돌아가는 길목에 잠복을 하고 있다 습격을 했다.

사부로라면 부라쿠들 중에서도 중급의 실력을 가진 자였다.

그라면 충분히 김용성과 경호원을 처리할 수 있을 것이라 생각했는데, 그만 임무를 실패했다.

김용성도 김용성이지만 그의 곁에 있는 두 명의 경호원들의 실력이 예상 밖으로 너무 뛰어났기 때문이다.

도대체 어떤 훈련을 받은 자들이기에 괴물인 부라쿠를 상대로 도망칠 수 있는지 경악했다.

아니, 도망치는 정도가 아니라 싸우는 와중 사부로가 부상을 당했다.

그 때문에 도망치는 그들을 잡을 수가 없었다.

사부로 혼자서도 충분하다 생각해 다른 지원을 받지 않았는데, 절호의 기회를 놓친 것이다.

이를 오야붕인 이치다 싱고에게 보고를 하고 다른 지원군이 기다리는 중이다.

지원군으로 오쿠보가 오기로 했는데, 그는 지원군으로 부라쿠 다섯 명을 데리고 합류하기로 했다.

오야붕에게 오쿠보가 지원군으로 부산에 온다는 소식을 들었을 때 야마시타는 인상을 구기고 말았다.

그와 자신은 라이벌 관계로 사이가 무척이나 좋지 못했다.

임무를 생각하면 지원군이 누가 오든 기뻐할 일이지만 야마시타는 지원군으로 그가 온다는 소식에 마냥 기뻐할 수만 없었다.

조직에 대한 충성과 의무 보다는 자신의 이득을 무척이나 따지는 오쿠보의 성격을 알고 있는 야마시타이다 보니 이번에도 그가 어떻게 오야붕에게 아부를 떨었을지 알 만했다.

이렇게 오쿠보에 대한 생각을 하고 있을 때 펜트하우스의 출입문이 열리며 오쿠보가 들어왔다.

"하하하, 야마시타! 조센징에게 된통 깨졌다며?!"

역시나 오쿠보는 들어오자마자 자신의 신경을 긁기 시작했다.

하지만 일단은 그가 지원군으로 온 것이니 여기서 그와 신경전을 벌일 필요는 없었다.

어차피 일을 제대로 끝내고 돌아가는 것이 우선이었다.

"그들을 너무 얕잡아 보지 마라!"

"그래 봐야 조센징이야."

극명한 극우주의자인 오쿠보는 야마시타의 주의에도 그의 말을 한 귀로 듣고 한 귀로 흘리며 펜트하우스 한쪽에 마련

되어 있는 와인 바에 음료를 꺼내 마셨다.

"후후, 미개한 조센징들이 갖기에 무척 아까운 풍경이군."

오쿠보는 창밖으로 보이는 부산 앞바다를 보며 그렇게 떠들었다.

그가 보기에 정말이지 부산의 바다 풍경이나 오면서 본 부산의 모습은 한국인들에게 너무도 과분하다 생각 중이었다.

자신도 자금에 여유가 있다면 이곳에 집을 사 두고 싶었다.

부산의 고급 아파트는 일본인들에게 무척이나 인기가 있는 품목이었다.

일부 일본인들 속에서 한국에 집을 마련하는 것이 붐이 일 정도로 인기가 좋았다.

사실 오쿠보는 부산에 들어오기 전까지만 해도 부인인 에리카의 바가지에도 시큰둥했었다.

어디서 듣고 왔는지 몇 날 며칠을 들볶아 귀가 아플 정도였다.

그런데 막상 부산에 오야붕의 명령으로 파견을 와 보니 그의 마음도 혹했다.

답답한 일본의 성냥갑 같은 좁은 아파트가 아닌, 부자들의 고급 아파트를 보듯 큼지막한 것과 시원하게 뚫린 자연경관이 무척 마음에 들었다.

"이봐, 야마시타! 자네, 여기 부동산에 좀 알고 있나?"

"뭐? 그건 무엇 하러 물어봐?"

"아, 별건 아니고 에리카가 여기에 집을 구입하고 싶어 하더라고."

비록 오쿠보와 자신은 앙숙인 관계이긴 하지만 그의 부인인 에리카는 달랐다.

사실 오쿠보와 야마시타가 앙숙이 된 것은 다름 아닌 에리카 때문이었다.

젊었을 때 에리카를 차지하기 위해 경쟁을 하던 두 사람 중 에리카가 선택한 것은 조금 더 잘생긴 오쿠보였다.

오쿠보가 자신이 좋아하는 연예인 닮았다나, 어쨌다나…… 아무튼 그런 어이없는 이유로 야마시타는 오쿠보에게 사랑하는 여인을 뺏겼다.

"그런 것은 일단 일을 끝내고 알아봐!"

야마시타는 괜히 오쿠보와 말을 섞기 싫어 일 이야기를 하며 대답을 회피했다.

"뭐, 그러든지. 그런데 어떻게 된 거야! 조센에 부라쿠를 상대할 괴물이 있었던 거야?"

"말 제대로 해라! 이곳은 조센이 아니라 한국이다."

"한국이나 조센이나! 상관없다. 어차피 이등 민족의 나라는 일등 민족인 우리 일본인들의 지배를 받는 것만이 그들이 사는 의미다."

"미친놈! 넌 어서 빨리 그 황국당에서 탈퇴해라! 괜히 깊숙이 관여하다 사단 난다."

야마시타는 오쿠보가 임협계—행동파—우익단체인 황국당에 심취해 있는 것을 잘 알고 있기에 그가 사고를 치기 전에 권유하며 말했다.

그렇지만 이미 황국당에서 주장하는 황국론에 빠져 있는 오쿠보에게 그의 말은 들리지 않았다.

야마시타는 처음 오야붕인 이치다에게 명령을 받았을 때, 한국에 관해 공부를 했다.

임무에 들어가기 전 적에 대해 언제나 꼼꼼하게 파악하고 약점을 파고드는 지략형 야쿠자인 야마시타는 자신의 임무가 생각보다 어려울 것이란 사실을 발견했다.

그가 타깃인 부산연합과 연합의 수장인 김용성에 관해 알아보면 알아볼수록 부산연합은 서울의 대조직과 연관이 있어 보였다.

"어쩌면 한국의 조직들은 이미 통일되어 있을지도 모른다."

이번 임무를 쉽게 보는 오쿠보에게 주의를 주기 위해 야마시타는 자신이 조사한 내용을 들려주었다.

하지만 그런 야마시타의 주의에도 오쿠보는 자신의 생각을 접을 생각이 없었다.

"그까짓 조센들이 아무리 뭉쳐 봐야 오합지졸이다. 내가 데려온 부하들과 부라쿠들이라면 그런 조센징들의 조직은 몇 이 덤벼도 다 쓸어버릴 수 있다."

한국인들을 얕잡아 보고 있는 오쿠보는 야마시타가 자신의 실수를 무마하기 위해 변명을 늘어놓는다 생각하며 그렇게 대답을 했다.

자신이 데려온 전력이라면 한국의 어떤 조직이 와도 문제 없다고 생각했다.

사실 야쿠자 항쟁 때, 자신이 거느린 조직원들과 부라쿠들 이 특공대가 되어, 당시 공포의 존재들이었던 야마구치구미 계열의 중간규모 조직을 몰살시킨 전력도 있었다.

그에 비하면 한국의 조직은 아직도 피라미 수준이라 생각 하기에 별로 걱정을 하지 않았다.

하지만 오쿠보는 야마시타가 임무를 위해 데려왔던 존재가 사부로란 것을 잊고 있었다.

사부로는 그가 데려온 부라쿠들 중에서도 상위에 속하는 존재였다.

비록 중급 정도의 무력을 가진 사부로라 하지만 한국에 들 어온 부라쿠들 중에서는 상위의 존재였다.

그런데 그런 것을 생각지 못하고 그저 한국인들이 아무리 뭉쳐 봐야 별 볼 일 없을 것이고, 야마시타가 임무를 실패한 것도 그가 방심을 했기 때문이다 생각하고 있었다.

오쿠보가 이런 생각을 하고 있을 때 그런 그를 쳐다보고 있는 야마시타는 골치가 아파 오기 시작했다.

둘이 힘을 합쳐도 일을 성사할 수 있을지 걱정이 되는데, 이렇게 자신의 말을 듣지 않고 있는 오쿠보의 모습에 눈살이 절로 찌푸려졌다.

아무리 자신과 경쟁을 하는 사이라 하지만 이번 일은 오야붕이 직접 지시를 내린 일.

뿐만 아니라 이번 임무는 그저 자신들이 속한 조직만의 일이 아니라 상위 조직인 지옥카이의 타케다 오야붕으로부터 내려온 명령이라 들었다.

그런데도 이렇게 심각하게 생각지 않고 방심을 하고 있는 모습에 답답해져 왔다.

하지만 야마시타도 현재 자신이 이렇게 고민을 하고 있을 때, 부산의 다른 곳에서 그의 타깃인 김용성이 성환에게 구원을 요청했다는 것은 모르고 있었다.

성환은 그가 괴물이라 생각하는 부라쿠들은 상대도 되지 않는 번외의 존재.

그런 것도 모르고 어떻게든 딴생각을 하고 있는 오쿠보를 달래 임무를 완료할 길을 도모했다.

◆　　◆　　◆

"그러니까 야쿠자들이 인간인지 괴물인지 모를 존재들을 데려왔다는 말이지?"

성환은 용성이 설명한 것을 듣고 그렇게 물었다.

그도 일본에서 방사능 오염으로 돌연변이들이 가끔 출몰한다는 것을 알고 있었다.

성환이 군에 있을 당시 동기인 최세창이 그런 이야기를 한 적이 있었기 때문이다.

일본의 군 연구기관에서 돌연변이 연구를 하고 있다는 정보를 입수했다는 것이었다.

인간들 중 극히 드믄 확률로 방사능에 쏘인 세포가 암세포가 아닌 돌연변이를 일으켜 보통 사람보다 월등한 신체능력을 보이는 존재가 발견되었다는 소리였다.

처음 성환이 그런 이야기를 들었을 때는 그저 그런가 보다, 라는 생각을 했었는데, 일본의 민간 연구소도 아니고 한국의 국방과학연구소(ADD)와 같은 연구소에서 돌연변이 연구를 한다는 이야기를 듣게 되자 생각이 달라졌다.

일본인들은 진짜 개개인을 보며 참으로 괜찮은 사람이라 생각이 든다.

남에게 피해를 주지 않으려 노력을 하고 질서의식도 높고, 하지만 이들이 집단을 이루면 또 달라졌다.

집단을 이룬 일본인들은 집단을 위해 개인을 희생하는 것을 당연시 생각한다.

물론 대를 위해 소를 희생하는 것은 어느 나라나 마찬가지겠지만 일본은 그 정도를 벗어나 광기를 보일 때가 많았다.

그 좋은 예가 바로 이차 대전 당시 벌였던 생체 실험이었다.

많은 사람들이 알고 있는 731부대, 이들의 만행은 이루 말할 수 없을 정도로 잔인한 것이지만 일본인들은 그 사실을 인정하지 않고 있다.

하지만 이런 인체 실험은 비단 731부대만 자행한 것이 아니다.

사실 731부대는 보다 효과적인 생화학 무기를 개발하는 부대다. 그리고 그와 다른 목적으로 보다 큰 규모로 생체 실험을 한 부대도 있었다.

즉, 그 말은 731부대는 일본군이 실험하던 생체 실험의 일부분이란 소리였다.

그리고 당시 일본은 군인뿐 아니라 대학이나 병원 등에서도 미군 포로나 외국인들을 상대로 인체 실험을 했었다.

이런 것을 생각하면 일본군의 돌연변이 연구는 무척이나

위험천만한 일이었다.

물론 이야기를 들었던 당시에는 자신도 군에서 비밀리에 S1프로젝트를 진행하던 중이라 그냥 듣고 넘어갔는데, 지금에 와서 생각하니 좀 문제가 되었다.

얼마 전 용성을 습격한 존재가 일본군에서 연구하던 돌연변이인지, 아니면 원전폭발 사고의 여파로 오염된 지역에서 자연발생적으로 탄생한 돌연변이들인지 알 수가 없었지만, 어찌 되었든 위험한 존재들인 것은 같았다.

"이거 이대로 있을 수는 없겠는데!"

"회장님도 어렵겠습니까?"

뭔가 생각하며 그냥 이대로는 안 되겠다는 성환의 말에 용성은 설마 성환이 감당하지 못할 일인가, 하는 생각이 들어 물었다.

하지만 그건 말도 되지 않는 소리였다.

당시 위기에서 구해 낸 경호원들은 사실 KSS경호의 일반 경호원들이었다.

특별히 약을 복용하고 새롭게 양성된 특임대가 아니었다는 소리다.

그런 일반 경호원 두 명에게 막힌 존재를 성환이 감당하지 못한다는 것은 말도 되지 않는 소리다.

"왜? 내가 감당 못할까 봐 걱정되나?"

"아, 아닙니다."

성환의 농담에 용성은 자신이 잠시 오해를 했다는 것을 깨달았다.

솔직히 자신이 습격을 당할 때, 상대의 덩치가 비정상적이라 너무 인상에 강력하게 남아 그런 오해했다는 것을 알게 된 것이다.

성환이 비록 그 괴물과 같은 덩치는 아니지만, 서울을 통일할 당시 숫자가 아무리 많건, 아니면 적이 총이나 칼 등 어떤 무기를 가졌던 상대가 되지 않았다.

그런데 겨우 덩치와 힘뿐인 괴물을 상대로 긴장을 한다고 오해를 했으니 이 얼마나 황당한 오해인가?

잠시 자신이 오해를 한 것에 대한 사과를 하고 무엇 때문에 그런 말을 했는지 물었다.

"회장님, 제가 잠시 회장님 말씀에 오해를 했습니다. 죄송합니다. 그런데 무엇 때문에 그냥은 안 되겠다는 말씀을 하신 것입니까?"

"아, 그것 말인가? 그건……."

성환은 용성이 습격 당시 이야기를 듣고 자신이 생각한 것에 대하여 들려주었다.

"아무래도 자네를 습격한 존재는 내가 전에 들었던 것과 흡사해서 그런 말을 한 것이야."

S1프로젝트를 진행하던 당시 들었던 정보를 간략하게 설명을 해 주었다.

"아니, 그것이 정말입니까? 그럼 일본에서 인체 실험을 해서 그런 괴물들을 만들고 있다는 말씀이십니까?"

"그것까진 모르겠고…… 아무튼 당시 그런 연구를 하고 있었다고 하더라고. 그래서 방사능에 오염이 된 존재가 부산에서 돌아다니는 것에 혹시나 하는 생각에 말을 한 거다."

성환은 방사능에 오염이 되어 돌연변이가 된 사부로 때문에 방사능이 퍼지는 것을 우려했다.

확실히 오염지역에 동식물의 반출은 극히 제한을 하고 있다.

일정 범위 밖으로 오염 지역의 동식물이나 광물 등을 반출하기 위해선 특별한 용기에 봉인을 한 상태에서 반출하게끔 규정되어 있다.

그런데 이런 규제에 부라쿠들은 들어 있지 않았다.

그들의 기본은 인간이기 때문에 비록 돌연변이라 하지만, 그 자체를 인정하고 있지 않은 일본 정부이다 보니 그들을 막는 대책이나 규제가 없었다.

그러다보니 부라쿠들을 상대했던 많은 정상인들이 자신도 모르는 사이 방사능에 노출이 되고 있었다.

성환도 이런 것을 생각해 대책을 마련하려는 것이다.

일단 김용성을 습격했다는 야쿠자들을 만나게 된다면 확실하게 그들의 정체를 알 수 있을 것이기에, 나중에라도 그들이 정말로 자신이 생각한 돌연변이가 맞는다면 군을 동원해서라도 오염 지역에 대한 제독 작업을 해야만 한다.

그렇지 않았다가는 부산 시민들은 자신도 모르는 사이 방사능에 피폭이 될 것이기 때문이다.

"일단 내가 대책을 세워 둘 테니 자넨 평사시대로 움직이도록 해! 그래야 그자들이 다시 나타날 테니."

"알겠습니다."

"참! 전에 습격했을 때, 돌연변이로 보이는 자가 한 명이라고 했었지?"

"예, 그렇습니다. 그런데 확실히 지능은 점 떨어져 보이던데……."

"그럴 것이다. 우연이라도 방사능에 오염이 되어 근육이나 뼈 등이 발달했다고 해도 뇌까지 발달했다고 보기 어려우니…… 만약 그랬다면 그건 돌연변이가 아니라 신인류라 불려야겠지."

"그, 그렇겠군요. 생각만 해도 겁나네요. 괴물과 같은 신체능력에 뛰어난 머리라……."

용성은 성환의 말을 듣다 경악을 하며 그렇게 대답을 했다.

정말이지 생각만 해도 끔찍했다.

만약 일본에서 그런 괴물들을 만들어 냈다면 여간 위협적인 것이 아니었다.

사실 용성도 애국자는 아니지만 괜히 미운 것이 일본이기 때문에 그런 생각을 하였다.

◈　　◈　　◈

치익! 치익!

해안을 따르는 간선도로에 일단의 군인들이 나와 이상한 복장을 하고 도로에 무언가 뿌리고 있었다.

이들의 정체는 성환의 전화를 받은 최세창이 보낸 군인들이었다.

화생방 제독을 담당하는 군인들이지만 이곳의 오염은 화학 테러가 아닌 방사능에 오염된 혈액으로 인한 오염이라, 이들이 할 수 있는 일이라고는 그저 현장에 떨어져 있는 혈액을 비눗물로 씻어 내는 것이 최선이었다.

이곳은 며칠 전 김용성이 귀가 도중 야쿠자의 사주를 받은 사부로가 그를 습격한 곳이다.

다행이라면 비록 사부로가 방사능에 피폭이 되어 오염된 상태이긴 하지만, 혈액이 직접 체내에 들어오거나 피부에 접촉을 하지 않는 이상 큰 위험을 없다는 것이다.

그리고 비록 이곳에 사부로의 혈액이 점점이 떨어져 있긴 하지만, 그건 아주 미비한 상태라 방사능 측정기에 조금 과하게 방사능량이 측정이 되지만 위험한 수준은 아니었다.

"선임하사님! 다했습니다."

"좋아, 이만 철수한다."

"알겠습니다."

제독 작업을 하던 병사들이 보고를 하자 오늘 작업을 책임지던 강철원 중사는 얼른 상부에 보고를 했다.

"통신보안. 부산 도로 제독 작업 완료했습니다."

강철원은 보고를 마친 뒤 상부에서 자신의 소대에 떨어진 명령에 조금 의아한 표정이 되었다.

"예, 그렇게 하겠습니다. 필승!"

철원이 보고를 마쳤을 때, 그의 곁으로 다가오는 사람이 있었다.

"선임하사님, 부대로 복귀하는 것입니까?"

작업이 끝나자 김동완 상병은 뭔가 아쉬운 생각이 들어 선임하사에게 은근하게 물었다.

사실 이곳 현장에서 그의 집까지는 불과 몇 분 걸리지도 않는 거리였기 때문이다.

몇 달 후면 전역을 하긴 하지만, 그래도 포상휴가도 적은 화학부대에 배속을 받고 정규휴가 외에는 외출 외박도 일절 없었다.

더욱이 부산과 같은 도시로 나오자 기분이 싱숭생숭 하기도 해 그냥 들어가기가 너무 억울했다.

그리고 그건 다른 소대원들도 마찬가지였다.

다른 소대원들도 같은 생각이지만 짬이 되지 않아 감히 선임하사에게 좀 놀다 가자는 말을 하지 못하는 것을 알고 김동완이 총대 메고 건의를 하려고 나선 것이다.

"뭐? 할 말이라도 있어?"

김동완과 그래도 학교 선후배 사이라고 군대에서 만나 친하게 지냈기에 혹시나 김동완이 집 인근에 파견 나온 것 때문에 집에 다녀오겠다는 말을 하려나 하는 생각에 물었다.

"저 그게……."

"왜? 집에 잠시 들렸다 오려고?"

비록 친하다고 하지만 좀 놀다 복귀 하자는 말을 하려니 찜찜해서 얼버무리고 있는데, 강철원 중사가 먼저 생각지도 않은 말을 꺼내자 놀랬다.

'어, 이건 뭐지?'

자신이 생각지도 않을 말을 하자 김동완은 놀라면서도 잘하면 자신의 말을 들어줄 것도 같았다.

사실 부대까지 복귀를 하려면 지금 출발해도 점호 전에 들어가려면 빠듯하게 달려야 한다.

그런데 지금 선임하사의 반응을 보니 바로 부대로 복귀하는 것이 아닌 듯 보였다.

"그건 아니고, 부산까지 왔는데, 한 30분만 있다 가면 안 되겠습니까?"

규정상 안 되는 말이지만 어디 대한민국 군대가 그런가, 몇 시간 놀자는 것도 아니고, 한 30분 정도는 인솔간부의 재량으로 충분히 유들 있게 사용할 수 있었다.

막말로 길이 막혀 아니면 복귀 도중 일이 생겨 늦었다고 하면 충분히 통과될 일이었다.

그런 생각에 말을 꺼냈던 것인데, 뜻밖의 말이 들려왔다.

"오늘 부대로 복귀하지 않는다."

"네? 그래도 돼요?"

김동완 상병은 너무 놀라 실수를 하고 말았다.

하지만 강철원은 그런 그의 실수에 관해선 지적하지 않고 물음에 대답을 해 주었다.

"이건 비밀인데, 어디 가서 말하지 마라. 나도 자세한 사정은 모르겠지만 이 일대가 오염지역으로 지정이 되었다고 한다. 다만 민간인들이 혼란에 빠질까 봐 비밀로 하고 우리 보고 당분간 부산에 머물면서 제독 작업을 하라고 한다."

강철원 중사는 아직 저 멀리서 자신과 김동완이 이야기하는 것을 지켜보는 소대원들의 눈치를 보며 작은 목소리로 방금 전 내려온 명령을 들려주었다.

"하지만 부산에는 군부대가 없지 않습니까?"

"그렇지, 우리가 묶을 부대가 없지. 그런데 그것도 해결되었다."

말을 하던 강철원 중사는 이해할 수 없는 상부의 명령에 그저 따를 수밖에 없는 위치이기에 김동완에게 그저 자신을 따라오란 말을 했다.

"일단 나만 따라와라!"

강철원 중사가 앞장서서 가자 김동완은 뭐가 어떻게 된지 모르고 그의 뒤를 따르기 시작했다.

사실 말을 했던 강철원도 뭐가 뭔지 모르는 것은 마찬가지였지만 일단 부대 복귀가 아닌 상황이 끝날 때까지 이곳 부산에서 비상대기를 하고 있으라는 명령에 기쁠 뿐이다.

솔직히 그도 그냥 부대 복귀를 하는 것은 뭔가 아쉬운 생각이 들었었다.

김동완도 그렇지만 강철원 자신도 이곳 부산이 고향이다.

이곳에서 조금만 가면 자신의 부모님이 있는 집이다.

군대에 부사관으로 지원을 하는 바람에 명절에도 부모님 얼굴을 못 볼 때도 있었다.

그렇기에 오늘 임무를 끝내고 부대 복귀하기 전 부모님께 잠시 들릴 생각이었는데, 생각지도 않은 파견 근무로 인해 좀 더 여유 있게 부모님을 뵐 수 있을 것 같았다.

물론 이건 규정에 어긋난 일이지만, 소대원을 잘만 구슬리면 충분히 가능한 방법이었다.

◆　　◆　　◆

강철원과 그의 소대원들은 제독 차량을 몰고 어디론가 향했다.

그들이 향한 곳은 영도에 위치한 호텔이었다.

"선임하사님, 이곳이 맞습니까?"

"그게…… 상부에서 지시한 곳은 이곳이 맞는데……."

강철원은 운전을 하고 있던 김한중 일병의 물음에 자신 없는 투로 대답을 했다.

그도 그럴 것이 상부에서 지시한 곳을 찾아 가는 중인데, 이곳에는 아무리 뒤져 봐도 군부대 같은 곳이 나오지 않고 호텔이나 빌딩들뿐이 보이지 않았다.

"아, 씨바! 이곳이 맞는데, 대체 누굴 만나는 건 이곳으로 가라는 거야!"

급기야 강철원은 짜증이 나기 시작했다.

파견을 보냈으면 숙식을 제공해야 할 수 있는 곳으로 보내 줘야 하는데, 설마 자신들 보고 호텔에서 숙식을 하면서 임무를 기다리라는 말인지 어이가 없었다.

그렇게 강철원은 물론이고, 그의 소대원들이 공황상태에 빠져들 쯤 그들이 서 있는 곳으로 다가오는 사람이 있었다.

똑똑!

"실례합니다."

"아예, 무슨 일이시죠?"

"혹시, 강철원 중사님 아니십니까?"

철원은 갑자기 다가온 검은 양복의 남자가 자신의 이름을 말하자 놀라며 물었다.

"예, 제가 강철원이 맞는데, 누구시죠?"

"예, 전 KSS경호의 이홍기라고 합니다."

홍기는 얼른 자신의 속주머니에서 명함을 한 장 꺼내 강철원에게 보여 주었다.

그러면서 자신이 이곳에 나온 이유를 설명했다.

"여기 제 명함, 그리고 제가 찾아온 것은 상부에서 명령을 받으셨을 것입니다. 당분간 저희와 함께 움직이셔야 할 것입니다."

이홍기는 자신의 정체에 관해 설명을 하고 그에게 당분간 자신들과 함께 움직이며 일을 할 것이란 설명을 해 주었다.

한편 그의 설명을 들은 강철원은 고개를 갸웃거렸다.

보기에 군인 같은 모습이 보이긴 하지만 경호원이라 했으니 비슷한 구석이 있는 것은 당연했다.

하지만 경호원이라 해도 민간인인데, 군인인 자신들과 함께 임무에 나선다는 것에 이해가 가지 않았다.

그렇기에 강철원은 이홍기의 말을 들었지만 이해가 가지 않은 표정이 역력했다.

그런 강철원의 모습에 이홍기는 별다른 설명을 하지 않고 그에게 따라오란 말을 했다.

"절 따라오십시오."

말을 하고 이홍기는 앞서서 호텔 뒤편으로 돌아갔다.

앞서가는 이홍기의 모습에 강철원은 얼른 그의 뒤를 따르기 시작했다.

"모두 저 사람을 따라간다."

강철원의 말에 소대원들은 일제히 그의 뒤를 따르기 시작했다.

똑똑똑!

밖에서 노크 소리가 들리고 노크를 한 사람이 용무를 말하는 것이 들렸다.

"이홍기입니다. 군인들을 데려왔습니다."

성환은 한참 김용성과 뭔가 이야기를 하다 문 밖에서 들린 소리에 대답을 했다.

"들어와!"

문이 열리고 안으로 군인들을 안내한 이홍기와 그의 뒤로 강철원을 비롯한 소대원들이 안으로 들어왔다.

"어서 오시오."

성환은 안으로 들어선 군인들을 보며 인사를 했다.

한편 이홍기의 안내를 받아 들어온 방 안에 여러 사람들이 모여 무언가 의논을 하고 있는 것으로 보였는데, 그중 가장 젊은 남자가 자신들을 보며 인사를 하자 잠시 굳었다.

군인이긴 하지만 이 방 안에 있는 사람 중 누가 가장 직급이 높은 것인지 딱 봐도 알 수 있었다.

자신들이 보기에 가장 젊은 남자가 가장 직급이 높은 사람으로 보였다.

'아, 씨바. 뭐가 어떻게 돌아가는 거야.'

강철원은 뭐가 어떻게 돌아가고 있는 것인지 알 수가 없었다.

자신이 들어온 방에는 많은 사람이 있었는데, 하나같이 위압감이 느껴지는 사람들이었다.

그런데 그런 사람들 틈에서 자신과 나이가 비슷해 보이는 남자가 있는데, 그에게서 받은 느낌은 달랐다.

어릴 적 부모님 손을 잡고 동물원에 놀러 갔을 때, 홀로 맹수 우리에 다가간 적이 있었다. 당연하게도 우리의 주인인 호랑이와 눈이 마주쳤었다.

그리고 당시의 경험은 강철원에게 트라우마로 남아 있었다.

엄청난 덩치의 호랑이가 자신을 향해 다가오는 그 느낌은 20대 중반이 지금도 잊을 수가 없었다.

그저 자신을 노려보며 다가오는 호랑이의 모습에 압도당해 바지에 실례를 했는데도 느끼지 못했다.

모르긴 몰라도 당시 사육사가 자신을 발견하지 못했다면 자신은 죽었을 것이라 생각했다.

아무튼 당시 호랑이에게 느꼈던 그런 위압감은 상대도 되지 않을 정도로 거대한 뭔가가 자신을 내리누르는 느낌을 받았다.

"난, 정성환이라 한다. 자네가 이 중 지휘자로 온 것 같으니 자네에게 말하겠네! 당분간 내 지시를 따르면 돼."

강철원은 자신에게 앞에 있는 남자가 반말을 하고 있지만 그게 당연하게 느껴질 뿐이었다.

강철원을 비롯한 군인들이 얼어 있는 모습이 보이자 성환의 옆에 있던 고재환이 그들의 긴장을 풀어 주기 위해 나섰다.

"너무 긴장들 하지 말고, 그냥 편하게들 생각해, 참고로 여기 이분이 반말을 했다고 고깝게 생각하지 마라! 너희보다 최소 10년 이상은 더 오래 사신 분이시니, 참고로 예비역 대령님이시다. 난 예비역 대위고."

긴장하고 있는 군인들의 긴장을 풀어 주려는 것인지 아니면 놀리려는 것인지 성환에 관한 이야기와 자신에 관해 간단하게 들려주었다.

그런데 다른 것은 이들의 귀에 들려오지 않고 오직 한 가지 이야기만 이들의 귀가를 때렸다.

'너희보다 최소 10년 이상은 더 오래 사신……'

'저 얼굴이 우리보다 열 살 이상 많은 얼굴이라고? 제길!'

방 안에 있던 군인들은 조금 전 고재환의 말을 듣고 속으로 그렇게 한탄했다.

누군 20대 초반의 나이에 힘든 군 생활 때문에 폭삭 삭아 아저씨라고 불리는데, 자신보다 최소 10년은 젊다고 했다. 그 말은 이 중 가장 연장자인 선임하사보다 10살은 많다는 것이니 최소 서른 중반의 나이란 소리다.

그런데 저 얼굴이라니 억울한 생각이 들었다.

완전 어이없는 생각이지만, 이들은 그렇게 생각하지 않았다.

휴가를 나가도 군인이란 신분 때문에 동기들에게까지 아저씨 소리를 듣고, 나이보다 늙어 보인다는 소리를 들어 스트레스가 장난이 아닌데, 누군 자신들보다 더 젊어 보이니 참으로 불공평하단 생각이 들었다.

'제길, 저 사람은 전생에 어떤 일을 했기에 저 얼굴로 태어난 거야!'

이들이 엉뚱한 생각을 하고 있을 때, 성환은 이들을 안내한 이홍기에게 이들이 묶을 방을 안내하라는 명령을 했다.

"이 대리는 이들을 방으로 안내해."

"알겠습니다. 따라오시지요."

"네."

쿵!

군인들이 모두 빠져나가고 성환과 방 안에 있던 사람들은 다시 뭔가 이야기를 하기 시작했다.

한편 이홍기의 안내를 받아 각자 자신의 방으로 들어간 사람들은 방을 배속 받은 뒤에도 혼란이 가시지 않았다.

무엇 때문에 자신들에게 이곳에 남으라는 명령이 내려온 것인지 알 수가 없었다.

그리고 자신들이 묶는 곳이 일반 파견 부대가 아닌 호텔 별관이란 것에 놀랐다.

그것도 부산에게 가장 비싼 땅에 위치한 육성급 호텔이었던 것에 더욱 놀랐다.

강철원 중사가 그렇게 놀라고 있을 때, 그의 소대원들은 방에 마련된 전화기를 가지고 각자 자신들의 집에 전화를 하기 바빴다.

그것도 자신들이 현재 어디에 있으며, 또 어디에 묶고 있다는 것까지 말하면서 말이다.

◆　　　◆　　　◆

김용성은 부산연합의 역량을 총동원해 자신을 습격한 야쿠자와 돌연변이인 사부로를 찾기 위해 노력을 기울였다.

그리고 얼마 지나지 않아 그들이 자신들과 얼마 떨어지지 않는 힐튼 호텔에 투숙했다는 것을 알게 되었다.

더욱이 얼마 전 또 다른 일본인이 커다란 덩치들과 함께 합류했다는 것도 알게 되었다.

"저곳에 그놈들이 있다는 말이지?"

"예, 얼마 전 또 다른 일본인이 합류를 했는데, 그때 저를 습격했던 자와 비슷해 보이는 네 명과 함께했다고 합니다."

용성은 자신이 알아낸 정보를 옆에 있는 성환에게 알렸다.

"음, 그런 자들이 너무 쉽게 부산에 들어오는 것 같군!"

성환은 이런 생각이 들었다. 일본의 돌연변이가 너무도 쉽게 세관을 통과하고 있다는 생각이 들었다.

사실 공항이나 여객터미널에는 방사능 측정기가 설치되어 있어 외국을 다녀오는 사람들은 무조건 그곳을 통과해야만 했다.

특히 일본에서 들어오는 비행기나 배를 타고 온 사람들은 외국인, 내국인 할 것 없이 방사능 오염 정도를 측정해 기준치를 넘어선 사람은 강제 구인이 되어 다른 사람들과 격리되었다.

심한 경우 특수 처리된 시설에서 중화제를 맞으며 치료를 받고, 방사성 수치가 정상이 되었을 때 풀려났다.

그런데 돌연변이들은 당연 통과할 수 없을 정도로 피폭이 되어 있기에 출입국 관리소를 통과하지 못하고, 강제추방이 돼야 함에도 통과가 되어 버젓이 부산 시내를 돌아다녔다.

출입국 관리소 직원 중 누군가 통과를 시켜 주지 않는다면 있을 수 없는 일이다.

"그렇다면 혹시?"

"그래, 출입국 관리소에 있는 누군가가 통과를 시켜 주었 겠지."

"개새끼들, 다른 사람들이 죽거나 말거나 상관이 없다는 것인가?"

용성은 자신의 생각이 맞았다는 소리를 듣자 성환의 앞에서 한 번도 보이지 않던 쌍욕을 했다.

"네가 지금 이런다고 바뀌지 않는다. 일단 어떤 놈이 일본 놈들을 통과시켰는지 알아봐라!"

"알겠습니다."

성환은 그렇게 지시를 내렸다.

정말이지 성환은 이런 일들이 가장 싫었다.

자신의 이득이라면 다른 사람들의 피해야 어찌 되었든 상관 하지 않는 족속들을 생각하면 치가 떨렸다.

말로는 공공의 이익을 위해 일한다는 말로만 일꾼이 되겠다는 국회의원들이나, 그에 부화뇌동해 강자에 약하고 약자에 강한 공무원들, 그리고 혜택을 그렇게 받으면서도 세금은 어떻게 해서든 내지 않으려고 탈세를 하는 기업인들을 생각하면 모두 동해바다 한가운데 수장을 시키고 싶은 심정이다.

"언젠가 그런 놈들을 모두 솎아 낼 때가 올 것이다. 그때 모두 응분의 대가를 치러야 하니 준비 철저히 해라!"

"알겠습니다. 이번 기회에 그런 놈들뿐 아니라 냄새 나는 놈들 모두 조사해 놓겠습니다."

"그러든가. 이왕이면 진혁이에게 연락해 전국에 그런 놈들 다 조사해 놓으라고 해라."

"아, 그것이 좋겠네요. 저희가 가지고 있는 자료도 있고 또 이번에 조사를 하다 보면 비리에 관련된 놈들의 약점이 모두 조사가 될 것이니……."

무엇 때문에 비리 공무원이나 비리를 저지르는 자들의 뒷조사를 전국적으로 하려고 하는 것인지 알지는 못하지만 이 일로 조만간 큰 일이 벌어질 것이란 예감이 들었다.

아마 그때쯤이면 대한민국은 큰 변화를 겪을 것이 분명했다.

특히나 정치인들에 관해선 현재 대한민국 국민들은 모두 포기 상태다.

하지만 성환은 이미 세창과 계획한 것이 있기 때문에 그날을 준비하려고 정계는 물론이고, 자신이 조사할 수 있는 모든 부분에 이렇게 조사를 지시했다.

대한민국이 깨끗해지는 그날을 위해, 차근차근 준비를 하는 중이다.

그러기 위해선 대한민국 주변을 감싸고 있는 나라들이 대한민국의 변화에 영향을 주지 않기 위해 감시를 해야 한다.

이미 한국은 준비가 되었고, 중국에 그 씨앗을 심었다.

한국에 가장 영향을 주는 미국에도 어느 정도 영향력을 행사할 수 있는 기반을 마련했다.

하지만 일본에는 아직 그런 것이 없다.

그렇지만 조만간 마련할 수 있을 것이다.

성환은 자신의 계획이 하나하나 진행이 되는 것을 지켜보며 곧 자신의 안배가 완료될 시기가 가까워지고 있음을 느꼈다.

◈　　◈　　◈

힐튼 호텔에 묵고 있던 야마시타와 오쿠보는 한 장의 서신을 내려다보며 인상을 찡그렸다.

이들이 종이 한 장을 보고 이렇게 인상을 쓰고 있는 이유는 다름 아닌 자신들의 적인 부산연합에서 전해 온 전문이기 때문이었다.

아침 일찍 호텔 직원에 의해 전달된 이 전문의 내용은 다름 것이 아니라 자신들의 위치를 알고 있으니 이참에 결판을 내자는 것이었다.

장소는 이곳 영도 끝자락에 있는 태종산 북쪽사면에 위치한 곳으로 적혀 있었다.

자신들이나 그들이나 타인의 시선은 피해야 하기에 약속 시간은 저녁 늦은 시각인 10시에 만나기로 적혀 있었다.

"이봐, 야마시타! 이놈들 무슨 생각이지?"

"그러게, 비록 사부로가 부상을 당해 물러나기 했지만 당시 그자의 경호원들도 사부로에게 심하게 당해 아직 운신하지는 못할 텐데?"

두 사람은 김용성이 보낸 결투장을 보며 심각하게 고민을 했다.

김용성이 어떤 의도로 결투장을 보낸 것인지 짐작을 할 수가 없기 때문이다.

그가 어떤 수를 가지고 있는지를 모르니 함부로 판단을 할 수가 없었다.

한국인들은 참으로 이해를 하기 어려운 족속들이다.

처음 자신의 곁에 사부로가 있으니 이번 임무를 쉽게 끝낼 수 있을 것이라 생각했는데, 결과적으로 그렇지 않았다.

일개 조폭 두목이 사부로를 막을 수 있는 경호원을 데리고 있다는 것이 놀라울 뿐이었다.

부라쿠인 사부로 개인의 능력은 이종격투기 헤비급 챔피언이 달려들어도 발끝에도 미치지 못하는 괴물이었다.

피부는 얼마나 질긴지 소구경 권총에는 가벼운 찰과상 정도나 입을 정도로 단단하고 질겼으며, 힘은 다 자란 말 두 마리와 맞먹을 정도로 엄청났다.

야마구찌구미의 야쿠자들도 그들의 그런 특징 때문에 큰 피해를 입고 지옥카이에게 구역을 넘겨주고 사라진 것이다.

그런데 이런 괴물을 보통 사람이 상대를 했다.

비록 두 명이 덤벼·평수를 이루긴 했지만, 그것만으로도 부산연합이라는 조직의 저력을 알 수 있었다.

그 정도 경호원을 데리고 있을 정도라면 다른 부분에서도 충분히 능력을 가지고 있을 것이다.

야쿠자 조직도 큰 조직들을 보며 공통점이 있는데, 능력이 뛰어난 조직원을 많이 거느린 조직일수록 정보망이 뛰어났다.

자신이 숨어 있는 곳을 정확히 알고 메시지를 전달한 것만 봐도 부산연합의 능력은 자신들 조직에 못지않게 뛰어남을 알 수 있었다.

그렇다면 자신에게 지원군이 온 것도 알고 있을 것인데, 이렇듯 결투장을 보냈다는 것은 충분히 자신이 있다는 소리였다.

이 때문에 야마시타는 신중하게 고심을 하고 있었지만 옆에 있는 오쿠보는 그렇게 생각하지 않았다.

아니, 자신이 데려온 부라쿠 네 명을 믿은 것이다.

"야마시타! 언제까지 생각만 하고 있을 거야? 그냥 간단하게 생각해!"

"간단하게?"

"그래, 이놈들은 내가 데려온 부라쿠들의 능력을 알지 못하기에 이런 터무니없는 짓을 벌이는 게 분명해!"

오쿠보는 자신이 데려온 부라쿠 네 명이면 중소규모 야쿠자 조직을 쓸어버릴 수 있는 전력이란 것을 알고 있다.

그러니 비록 사부로를 막아 낸 경호원이 부산연합에 있다는 것을 들었지만 그리 걱정하지 않았다.

오쿠보는 야마시타가 사정을 들려줬을 때, 당시 사부로를 상대했던 경호원들이 지금은 정상이 아닐 것이라 생각했다.

아직 야마시타는 모르고 있겠지만 부라쿠들을 상대해 본 경험이 있는 오쿠보는 부라쿠들의 특징을 너무도 잘 알고 있었다.

부라쿠들의 무서움은 그들의 괴물 같은 힘이나 체력이 아니다.

그들의 가장 무서운 것은 부라쿠들이 상처를 입었을 때 나온다.

비록 오쿠보 자신이 직접적으로 겪은 것은 아니지만, 행동대장이 되기 전 야쿠자 항쟁이 한참 과열될 때 부상당한 부라쿠의 피를 뒤집어쓴 조직원이 어떻게 죽었는지 똑똑히 보았다.

싸움이 끝나고 일주일도 되지 않아 피골이 상접되어 죽었다.

사망 원인은 다량의 방사능 피폭에 의한 세포 괴사였다.

한때 유행하던 러시아 대통령의 방사능 홍차에 버금가는 그런 최악의 독극물이 바로 부라쿠의 피였다.

사부로가 싸움 도중 피를 흘렸다고 들었다.

만약 그런 사부로의 피가 묻었거나 흡입을 하게 되었다면 지금쯤 그들은 정상이 아닐 것이다.

그것이 아니더라도 골병이 들었을 것이니 아마 이번 싸움에는 나오지 못할 것이란 생각이다.

이런 생각을 가지고 있기에 조금 찜찜한 생각이 들기도 하지만 그리 걱정하지 않았다.

4.
부산에 온 야쿠자를 제압하다.

성환은 대결 장소로 잡은 장소 일대를 통제하기로 결정했다.

장소가 관광객들이 많이 찾는 태종대가 근처에 있다 보니 혹시 이곳으로 일반인들이 들어왔다 사건에 휩쓸릴 수도 있는 일이라 그것을 차단하기 위해서다.

그러기 위해서는 부산연합에 속한 조폭들뿐 아니라 KSS 경호의 특임대들도 동원을 하였다.

혹시나 야쿠자들이 동원한 돌연변이들이 대결 도중 불리한 것을 깨닫고 도망치는 것을 막기 위해서다.

일반인을 월등하게 능가하는 체력을 가진 돌연변이들이 혹시나 인가나 아니면 부산 시내로 들어가 해코지를 한다면 크나큰 불상사가 벌어질 염려가 있기 때문이다.

그것을 사전에 차단하기 위해 태종산 일대에 요소요소 조직폭력배들 외에도 특임대를 이인 일조로 분산 배치를 했다.

그 정도면 충분하겠지만 성환은 그것에 마음을 놓지 않고 특임대를 투입하면서 군으로부터 넘겨받은 아머슈트까지 투입을 하였다.

비록 돌연변이들이 괴물과 같은 괴력을 발휘하지만, 아머슈트를 입은 특임대라면 부산에 들어온 것으로 파악된 돌연변이 다섯 명을 충분히 막을 수 있을 것이라 예상했다.

이런 성환의 처사에 고재환은 과한 처사가 아닌가, 하는 생각이 들었지만, 만약이란 것이 있기에 이런 경우에는 모자란 것 보다는 과한 것이 차라리 나았다.

물론 아머슈트라는 특수 장비를 동원하는 것이라 관련 기관에 협력을 구한 것은 두말할 것 없었다.

이런 협력은 정보사령부에 있는 최세창 대령이 처리를 해 주었는데, 이 일로 KSS경호의 특임대는 때 아닌 군인 신분이 되었다.

아직까지 나라에 힘이 없어 많은 부분을 숨겨야만 하기에 실전에 투입하는 아머슈트에 관해 정치권이나 아니면 사회 곳곳에 암약하는 스파이들에게 빈틈을 보이지 않기 위해 철저히 준비를 했다.

비밀로 진행되는 일이지만 분명 이번 일은 외부에 알려질 것이 분명했다.

그때를 대비해 두는 한편 일부러 적당히 숨기는 이중 트릭을 사용했다.

이미 주변국에는 한국이 미국이 개발한 최신 아머슈트 설계도를 입수한 것을 모두 알고 있다.

이런 상황에서 이번 일이 알려진다면 분명 반응이 있을 것이 분명하지만, 이때 미국의 반응이 무엇보다 중요했다.

대한민국이 일제 식민 통치에서 독립을 하면서 미국과 한국은 무척이나 가까운 동맹관계에 있다.

그리고 6.25사변을 겪으면서 한국은 미국에 무척이나 많은 의지를 해 왔다.

그 과정에서 많은 부작용이 있었지만, 아무튼 전시작전권이 한국군에 넘어온 지금에도 아직까지 미국과 한국은 다른 어떤 나라보다 가까운 사이다.

물론 그건 한국인들이 생각하는 관계일 뿐이지만 말이다.

아무튼 그런 관계로 미국의 반응은 그 어느 나라보다 심각하게 조심을 해야 한다.

그래서 설계도가 있고, 편안하게 갈 수 있는 일이지만 한국은 신형 아머슈트의 설계도를 가사지고 다시 연구를 하여 한국의 여건에 맞는 그런 아머슈트를 개발하기에 이르렀다.

이런 사실을 은근하게 알리려고 이번 일에 그런 이중 트릭을 사용한 것이다.

한국이 개발한 아머슈트가 미국이 개발한 것과 다른 것이니 안심하라는 그런 모션을 취하는 한편 또 다른 한편으로는 그것이 아니더라도 우리는 이미 한국만의 아머슈트를 개발하고 있었다는 것을 알리는 것이다.

아무리 동맹인 관계라도 자국이 개발한 물건을 아무런 조건 없이 만든다면 미국이 기분 좋지 않을 것이기 때문이다.

그것이 자신들이 관리를 못해 외부로 유출한 것이라도 말이다.

미국의 정치인들은 그들의 주장처럼 선하지도 그렇다고 막돼먹지도 않은 그저 자국의 이익을 위해 움직이는 이들이다.

하지만 한국이 자신들이 개발한 것을 가지고 있다고 하지만 억지로 뺏을 수는 없었다.

그건 자신들이 지키지 못해 다른 곳에 도둑맞은 것을 한국이 다시 가져간 것이기에 자신의 것이라 주장할 수 있는 것이 아니다.

왜냐하면 그건 극비로 존재하던 것이라 외부에 공인된 것이 아니기 때문이다.

만약 억지를 부린다면 한국이 어떤 일을 할지 모르기에 백악관에서도 만약 카피를 해 아머슈트를 생산하더라도 한국군만 사용한다면 용인할 생각을 가지고 있었다.

그리고 그건 성환이 오렌지카운티에서 벌어진 테러에서 인질을 구출하고, 테러를 진압한 뒤 백악관에 초대되었을 때, 더글라스 대통령이 비공식으로 알렸다.

물론 성환도 이를 최세창을 통해 군에 통보를 했지만 한국군은 비록 미국으로부터 생산허가가 떨어졌지만, 그대로 생산하지 않았다.

그건 설계도대로 생산을 하려면 너무도 막대한 비용이 소모되기 때문이었다.

생산할 기술은 있지만, 예산이 문제가 되었다.

그래서 군에서 생각한 것은 설계도를 참고로 실정에 맞는 제품을 개발하는 것이다.

선진국들은 극비로 자신들만의 아머슈트를 개발하고 있다.

실전에 투입하고 있는 나라는 미국뿐이지만 러시아나 영국, 프랑스 등 선진국들도 진즉 개발하여 사용 중이다.

물론 가장 앞선 것은 미국이지만, 한국도 이런 대열에 합류하게 되었다.

미국처럼 최첨단은 아니지만 그것을 참고로 가격대비 성능이 가장 우수한 제품이 완성된 것이다.

그리고 그것이 이번 돌연변이들을 상대하는 데 투입이 될

예정이다.

물론 아직 20벌 정도뿐이라 직접 돌연변이들을 상대하기
보단 그들이 도망치는 것을 막기 위해 투입되는 것이기는 하
지만 말이다.

성환이 이런 일로 한참 지시를 내리고 있을 때, 현장으로
다가오는 헬리콥터 소리가 들렸다.

투투투투!

"수고가 많다."

다가온 헬리콥터는 성환이 있는 근처에 내려앉았고, 그 안
에선 성환의 동기인 최세창 대령이 나와 성환에게 다가와 인
사를 하였다.

"네가 어쩐 일이냐?"

성환은 자신을 보며 말을 거는 세창을 보며 물었다.

이미 기본적인 지시는 모두 끝냈기에 이젠 날이 저물어 야
쿠자들과 그들이 동원한 돌연변이들이 오기를 기다리면 되는
일이었기에 여유가 있었다.

"뭐, 그것의 성능도 눈으로 확인할 것도 있고, 또 말로만
듣던 일본의 돌연변이들의 능력이 어떤 것인지 알아보기 위
해 겸사겸사 왔다."

세창은 이번 자신이 이곳을 온 이유를 설명했다.

사실 세창은 성환이 보내 준 아머슈트의 자료를 보면서 놀

라워했다.

ADD내에서도 자체 성능 테스트를 했고, 또 다른 루트로 군 내부에서도 특전사를 비롯한 각급 특수부대에 단위별로 테스트를 했었다.

하지만 어느 부대에서도 성환이 보내 준 능력과 비슷한 데이터를 보이지 못했다.

무엇이 이런 차이를 내는 것인지 직접 알아보기 위해 성환의 연락이 있자 그것을 핑계로 현장을 찾은 것이다.

그런 세창의 대답에 성환은 잠시 그의 얼굴을 보다 한숨을 쉬었다.

오래전부터 자신의 동기가 궁금한 것은 참지 못한다는 것은 잘 알고 있었다.

그래서 육군사관학교를 졸업하면서 병종을 정보 쪽으로 선택을 한 것이란 것도 알고 있다.

성환이 조용히 있자 세창은 얼른 성환 주변에 있는 이들에게 인사를 했다.

고재환이야 자신이 알고 있는 인물이지만, 김용성은 세창이 알지 못하는 인물이었다.

"안녕하십니까. 전 정보사령부에 근무하는 최세창 대령이라고 합니다."

"예, 김용성이라고 합니다."

용성은 군용헬기를 타고 온 최세창을 보며 담담히 인사를 했다.

처음에는 군용헬기가 왜 이곳에 오는 것인지 의아해하며 조심하는 마음이 있었지만, 곧 군과 자신은 관계가 없다는 것을 깨닫고 마음을 다잡았다.

예전 만수파에 있을 때만 해도 용성은 이러지 않았지만, 자리가 사람을 만든다고 부산이란 큰 도시의 밤을 지배하는 인물이 되다 보니 담대해진 것이다.

정보사령부 대령이라면 아무리 군과 사회와 거리가 있다고 하지만 마음먹기에 따라 군뿐만 아니라 일반 사회에도 영향력을 행사할 수 있는 사람이다.

하지만 자신의 곁에는 이 세상에서 가장 든든한 사람이 바람막이가 되어 줄 것을 알기에 이렇게 담담히 최세창을 맞을 수 있는 것이다.

최세창은 그런 김용성의 모습에 눈을 반짝였다.

주변 돌아가는 것을 보면 자신이 계급보다 능력이 더 대단하다는 것을 잘 알면서도 담담하게 받아들이는 모습에 옆에 있는 자신의 동기와 가까운 사이란 것을 알 수 있었다.

그리고 성환의 일을 봐 주면서 김용성이란 이름을 몇 번 들은 기억이 생각났다.

'이자가 삼청프로젝트를 하는 일에 깊이 관련된 그자군!'

성환이 맡은 사회 부분 삼청프로젝트의 핵심 인물 이 인 중 한 명이란 것을 깨닫고 용성을 주의 깊게 살폈다.

세창이 그렇게 김용성을 비롯해 주변을 살피고 있을 때 부하들의 자리배치를 지시하던 재환이 다가와 보고를 했다.

"사장님, 모두 자리에 위치했습니다."

"지금 몇 시지?"

"예, 현재 시각 20시 정각입니다. 약속 시간까지 앞으로 2시간 남았습니다."

"그들은 지금 뭐하고 있지?"

"야쿠자들은 현재 저희가 보낸 메모를 보고 그들의 상부에 보고를 했는지, 일본에서 온 이들과 합류해 있습니다."

"뭐? 일본에서 지원군이 더 온 것인가?"

"그런 것으로 보입니다. 그제 들어온 다섯 명을 더해 오늘 돌연변이로 보이는 자들 두 명과 야쿠자 50명이 더 부산으로 들어왔습니다."

고재환은 오늘 합류한 인물을 알렸다.

"그럼 그들의 총인원이 야쿠자 52명에 돌연변이가 총 7명인가?"

"예, 야쿠자 52명 돌연변이 7명입니다."

"그들의 무장 상태는?"

성환은 그들의 인원이 얼마인지 보다는 사실 오늘 이곳으로 올 야쿠자들의 무장 상태가 궁금해졌다.

자신은 상관없지만 옆에 있는 김용성이나 최세창은 문제가 될 소지가 있기 때문이다.

비록 한국이 총기 규제 국가이기는 하지만 혹시 모를 일이었다.

"아직까지 총기는 보이지 않고 있습니다."

고재환은 다른 직원을 시켜 출입국 관리소에서부터 감시를 하고 있었기에 총기 같이 취급이 어려운 물건은 지니고 있지 않다는 보고를 받았다.

"혹시 모르니 좀 더 자세히 살펴보라고 해!"

"알겠습니다."

성환은 아직 두 시간의 시간적 여유가 있지만 큰 파장 없이 일을 마무리하기 위해 철저히 준비하는 것을 점검했다.

◈　　◈　　◈

힐튼 호텔 최상층 펜트하우스는 더 이상 사람이 들어가지 못할 정도로 많은 사람이 몰려 있었다.

원래 야마시타나 오쿠보의 성격상 부하들을 많이 물고 다니지 않는 스타일인데, 오늘은 어쩔 수 없었다.

"겐시로!"

"하이!"

"무기는 얼마나 준비해 왔나!"

"총기류는 한국에 들여오기 힘들어 가져오지 못했습니다. 하지만 진검 20자루를 가져올 수 있었습니다."

"아니, 어떻게 그것을 가져올 수 있었지?"

야마시타는 사실 자신의 지원 요청으로 오는 지원군이 가져올 무기는 잘 벼려진 사시미 정도 일 것으로 생각했다.

그런데 진검을 20자루나 가져왔다는 것에 놀랐다.

본토에서야 진검을 구하는 것이 쉬운 일이지만, 이곳은 한국이다.

개인이 무기를 소지하는 것에 유난히 민감한 나라가 한국이다.

그것이 총기가 되었든 아니면 칼이 되었든, 식용이 아닌 무기로 분류된 도검류까지 허가 없이 개인이 소장했다가는 구속이 될 수 있었다.

그러니 진검 20자루라는 것에 야마시타가 놀란 것이다.

다만 총이 없다는 것이 못내 아쉬웠다.

그런 야마시타를 뒤로하고 오쿠보는 자신의 고붕인 마루오카를 돌아보았다.

"검을 쓰는 자가 10명이라 진검은 10자루뿐입니다. 20명은 전기 충격기내장된 삼단봉을 준비했습니다."

오쿠보는 마루오카의 말을 듣다 진검이 10자루뿐이 준비를 하지 못했다는 말에 인상을 섰다.

자신의 경쟁자인 야마시타의 부하는 위험을 무릅쓰고 진검 20자루를 준비해 왔는데, 자시의 부하인 마루오카는 그것의 절반뿐이 준비를 하지 못했다는 말에 자신이 야마시타에게 밀린 느낌에 화가 났던 것이다.

하지만 뒤이어 들린 말에 인상을 풀었다.

솔직히 적을 죽이기에는 진검이 좋긴 하지만 전기충격기가 내장된 삼단봉도 충분히 위력적인 무기였다.

아니, 어떤 면에서는 그것이 훨씬 좋았다.

부산연합이란 한국 조직이 차지한 자신들의 자금원을 돌려받으려면 죽이기보다는 제압을 하는 것이 수월하기 때문이다.

물론 자신들을 귀찮게 했으니 본보기를 보이긴 해야 하겠지만 말이다.

야마시타는 중간에서 부하들이 준비한 무기들의 숫자를 듣고 있으면서 조금 미진하지만 그 정도만 되도 도전장을 보낸 김용성에게 충분히 자신들의 위력을 과시할 수 있을 것으로 생각했다.

"부산 북항에 있는 러시아 상인에게 마카로프 10정 구입하기로 했습니다."

"그게 정말인가?"

"그렇습니다. 한국이 총기 규제가 심하긴 하지만 러시아 상인들은 그런 감시망을 피해 이미 오래전부터 총기를 한국에 들여와 팔고 있습니다."

"잘했다."

오쿠보는 마루오카의 보고에 무척이나 흡족했다.

비록 자신들의 전력이 한국 조직을 충분히 압도하고 있다고 생각은 하지만 자주 써 오던 권총이 현재 없다는 것이 여간 불안한 게 아니었다.

오쿠보는 검이나 칼보다는 권총을 선호하는 야쿠자이다 보니 품에 가지고 있는 단도만으로는 뭔가 준비가 미진한 듯했는데, 부하가 러시아 상인에게서 권총을 사기로 했다는 말에 조금은 안심이 되었다.

"어서 가져와!"

"하이!"

오쿠보가 어서 가져오란 명령을 내리자 자리에 있던 마스오카는 대답을 하고 바로 약속한 러시아 상인을 만나기 위해 자리를 떠났다.

하지만 이들은 아무것도 알지 못했다.

누군가 자신들을 감시하고 있으면 자신들이 하고 있던 대화를 모두 감청을 하고 있다는 사실을 말이다.

◆　　　◆　　　◆

　　야쿠자들이 묵고 있는 힐튼 호텔을 감시하고 있던 고준희는 자신의 후임인 상렬에게 지시를 내렸다.

　　"상렬아!"

　　"예, 과장님!"

　　"일본 놈 중 한 놈이 러시아 무기 상인과 거래를 하기 위해 나가는 것 같으니 네가 그자의 뒤를 미행해라."

　　"알겠습니다. 그런데 미행만 합니까? 아니면 거래할 때 잡습니까?"

　　상렬은 무기 거래를 하기 위해 나오는 야쿠자를 어떻게 할 것인지 물었다.

　　그런 상렬의 질문에 고준희는 잠시 생각을 했다.

　　그냥 그자를 잡을 것인지 위험하긴 하지만, 그냥 거래하게 두고 위에 보고를 할 것인지 고민을 한 것이다.

　　이건 둘 다 장단점이 있는데, 그자를 붙잡게 되면 현장에 남아 있는 동료들이 보다 안전해질 것이다.

　　하지만 그자를 붙잡게 되면 돌아오지 않는 그자로 인해 야쿠자들이 긴장을 할 것이 분명했다.

　　그렇게 되면 어떤 귀찮은 일이 벌어질지 모르는 일이었다.

이런 생각에 잠시 망설이던 고준히는 일단 야쿠자들이 방심하도록 놔두는 것이 더 낫다는 생각에 감시만 하라는 지시를 내렸다.

"넌 그냥 그자가 누굴 만나 거래를 하고 또 어떤 물건을 구입하는 것인지만 살펴봐라. 나머진 위에서 알아서 할 것이다."

"알겠습니다."

상렬은 자신은 그저 감시만 하다 오면 된다는 말에 얼른 자리를 떠났다.

머뭇거렸다가는 밖으로 나온 야쿠자를 놓칠 수도 있기 때문이다.

한편 상렬이 자리를 떠나고 고준희는 얼른 고재환에게 전화를 걸었다.

"전무님! 고준희입니다. 야쿠자들이 러시아 상인에게 무기를 구입하려고 합니다."

자신이 들은 야쿠자들의 대화 내용을 그대로 보고를 하였다.

전화를 받은 고재환 전무도 고준희와 같은 판단을 내렸다.

미행을 해 어떤 무기를 구입하는 것인지만 확인하라는 것이다.

그리고 러시아 무기 상인은 따로 처리할 것이니 그냥 두라는 지시도 들었다.

고재환과 통화를 마친 고준희는 얼른 상렬에게 전화를 걸어 고재환에게 받은 명령까지 알려 허튼짓하지 말고 감시만 철저히 하라는 지시를 내렸다.

◆　　◆　　◆

—야쿠자들이 옵니다.

"알았다. 각자 자신의 위치를 잘 지키고 있었다. 그리고 민간인들이 접근할 수 있으니 일대를 잘 통제하기 바란다."

—알겠습니다.

고재환은 입구에 지키고 있는 특임대원에게서 야쿠자들이 약속 장소로 가고 있다는 무전을 들었다.

그래서 기존에 세워진 계획에 더해 혹시나 현장에 접근할지 모르는 관광객들을 막기 위해 주변 통제를 잘할 것을 지시했다.

물론 태종산 주변은 KSS경호의 특임대들이 통제를 하기전에 최세창 대령의 명령을 받은 군인들이 먼저 통제를 할 것이다.

이 일대는 사전에 군사작전 지역으로 선포를 해서, 경찰들의 지원을 받아 일차로 민간인 접근을 막았고, 또 이차로 군인들이 경계를 하고 있었다.

그 뒤 삼 선에 KSS경호의 특임대들이 혹시나 모를 변수를 지우기 위해 대기를 하고 있다.

고재환은 특임대에 지시를 내리고, 김용성과 부산연합에서 나온 조폭들이 있는 곳으로 향했다.

그곳에 KSS경호의 사장인 성환이 자리하고 있기 때문이다.

이번 일의 주체는 어찌 되었든 김용성과 부산연합이라는 조폭 조직이다.

그러니 이들의 두목인 김용성과 간부들이 이 자리에 있는 것이 맞았다.

용성이 부산연합의 간부들을 이 자리에 불러들인 이유 중 또 다른 한 가지는 자신의 뒤에 정성환이란 엄청난 인물이 있다는 것을 부산연합의 간부들에게 알리기 위해서기도 했다.

부산연합의 조직원이나 간부들은 서울연합의 간부들과 다르게 아직까지 자신들의 뒤에 성환이 있다는 것을 알지 못했다.

그저 막연하게 누군가 배후에 거물이 있다고만 했지, 그 힘의 실체는 모르고 있어 서울연합의 간부들이 성환을 두려워하고 있다는 것을 모른다.

그렇기에 가끔 성환이 지시를 내리는 것을 김용성이 처리를 할 때면 부산연합에 속한 간부들이 명령을 잘 수행하지 않고 어영부영하는 모습이 보였다.

이런 것을 개선하기 위해 한 번 성환의 위엄을 보일 필요가 있었다.

그리고 지금이 그런 위엄을 보일 가장 적기라 판단된 김용성의 요청으로 부산연합의 간부들은 물론이고, 행동대장들 몇을 대동했다.

야쿠자들의 숫자도 숫자이다 보니 부산연합의 간부들도 자신들이 동원된 것에 별다른 이의가 없었다.

아니, 몇몇 간부들은 자신들의 일에 외부인사—성환과 KSS경호의 특임대—를 부른 것에 불만의 목소리를 내고 있었다.

다만 보기에 예사롭지 않은 분위기를 내고 있는 성환과 특임대의 모습에 잠자코 있을 뿐이다.

고재환이 다가오자 성환은 주변을 돌아보며 마지막 주의를 주었다.

"야쿠자들과 돌연변이들은 나와 특임대가 처리할 것이니, 다른 사람들은 혹시 모를 기습에 주의하기 바란다."

성환은 혹시 모를 기습이라고 말을 했지만 성환이 말하는 기습은 다름 아닌 야쿠자들이 불법으로 구입한 총기 공격이었다.

이미 고주희로부터 야쿠자들이 러시아 무기상에게서 권총을 구입했다는 연락을 받은 상태다.

다른 것은 걱정이 되지 않지만 화기는 극히 위험한 물건이다.

물론 자신이나 특임대에게는 그리 위협적인 물건이 아니지만 뒤에 있는 조폭들에게는 확실히 위험한 물건이다.

그런 관계로 주의를 주지만 삐딱한 조폭들이 성환의 말을 들을 지는 의문이었다.

어차피 성환과 그들은 직접적인 연관이 있는 관계가 아니기 때문이다.

다만 자신들의 보스인 김용성이 성환을 어려워하는 것을 보고 그가 배경이라고만 짐작할 뿐이다.

이렇게 성환의 마지막 주의를 주는 것이 끝나기 무섭게 저 앞에서 다가오는 무리가 있었다.

확실히 일본인들이라 그런지 아무리 세월이 흘러도 그들의 키는 한국인들에 비해 조금 작아 보였다.

비록 야쿠자라고 몸집을 키운 듯 보이긴 하지만, 성환의 뒤에 있는 부산연합의 조폭들에 비해 조금은 왜소해 보이는 느낌이 없지 않았다.

야쿠자들을 데리고 약속 장소로 나온 야마시타는 야쿠자들의 한 발 앞으로 나와 큰 소리로 외쳤다.

"결투장을 보낸 김용성이 앞으로 나와라!"

그런 야마시타의 고함을 들은 김용성이 일행들의 앞으로 한 걸음 나섰다.

김용성이 앞으로 나서자 야마시타는 며칠 전 용성을 습격하면서 잠시 이야기를 나눴던 그가 맞는 것을 확인하고 고개를 끄덕였다.

그때도 느꼈지만 부산연합이란 한국 조직의 두목은 다른 여타의 비겁한 자가 아니었다.

야마시타는 그런 김용성을 보며 오늘 결코 쉽게 결판이 나지 않을 것 같다는 예감이 들었다.

자신들이 비록 준비를 많이 했다고 하지만, 딱 봐도 한국 조직도 자신들 못지않게 준비를 한 것 같았다.

김용성의 모습에서 자신감을 본 야마시타는 그가 가진 패가 무엇인지 탐색전을 해 보기로 했다.

"야마모토!"

"하이!"

야마시타가 호명을 하자 뒤에 있던 야쿠자 한 명이 앞으로 뛰어나왔다.

그런 야쿠자들의 모습에 김용성은 그들이 무엇을 하자고 하는 것인지 깨닫고 자신도 뒤에 있던 부산연합의 행동대장한 명을 불렀다.

"지철아! 네가 나서야겠다."

만수파에 가입을 하고 쭉 데리고 있던 수하로 자신이 군에서 배운 기술들을 가르친 수하 중 한 명이다.

특공무술은 물론이고 북한의 특수부대원들이 익힌다는 격술(擊術)을 배운 김용성은 군에서 배운 것들을 자신의 부하들에게도 가르쳤다.

이것은 조직에서 살아남기 위해 어쩔 수 없는 선택이었다.

당시 만수파의 주변에는 큰 조직들에 둘러싸여 있었기에 작은 만수파가 압구정과 청담동이란 강남의 노른자위를 지키기 위해선 뒷배경 외에도 실질적인 무력도 필요했다.

이때 김용성과 그가 가르친 부하들의 활약이 대단했다.

지금 앞으로 나온 차지철도 김용성 밑에서 철저하게 실전을 겪으며 성장한 위인이었기에 일본도를 들고 앞으로 나오는 야쿠자를 보면서도 전혀 위축되지 않고 있었다.

야쿠자의 선봉으로 나온 야마모토는 와키자시를 들고 앞으로 나섰다.

와키자시는 일본도의 하나로, 일반인들이 알고 있는 일본도—카타나—보다 조금 작은 크기로 일본 사무라이들이 들고 다니던 두 자루 검 중 짧은 검이 바로 와키자시다.

와키자시는 단도와 혼동이 되는 경우도 있기는 하지만, 단도가 30㎝미만인데 반해 와키자시는 검 날의 길이가 30~60㎝에 이르는 검이다.

일본 검도를 익힌 야마모토에게 와키자시는 최고의 실력을 보일 수 있는 무기 중 하나이다.

물론 카타나가 있었다면 최고였을 것이지만, 한국에 입국하면서 장검인 카타나를 숨겨 들어오는 것이 여간 힘든 것이 아니다.

그렇기에 조금 짧은 와키자시를 가져온 것이다.

그런 야마모토에 맞서는 차지철이 들고 나온 것은 일명 특전대검이라 불리는 KCB—77단검이었다.

날 길이 60㎝인 와키자시에 비해 KCB—77단검는 25㎝뿐이 되지 않는 짧은 단검이지만, 차지철이 김용성에게 배운 특공무술이나 격술을 운용하기에 가장 적합한 검이기도 했다.

두 사람은 각자의 무기를 들고 상대를 노려보기 시작했다.

서로 자신들이 속한 조직의 선봉으로 나왔기에 상대를 물리치고 기선을 제압해야만 하기에 신중하게 움직이며 상대의 빈틈을 노렸다.

그렇게 상대의 빈틈을 노리던 두 사람은 빈틈이 보이지 않자, 누가 먼저라고 할 것 없이 상대를 향해 뛰었다.

동시에 뛰어들긴 했지만, 먼저 공격을 한 것은 야마모토였다.

역시나 무기의 길이에서 유리한 야마모토는 자신의 앞으로 마주 달려오는 차지철을 향해 들고 있던 검을 찔렀다.

하지만 상대의 움직임을 끝까지 놓치지 않은 차지철은 자신에게 찔러 오는 검을 역수로 들고 있던 단검으로 막으며 야마모토의 품으로 뛰어들었다.

자신이 찌른 공격을 너무도 간단하게 막아 내며 자신의 품으로 뛰어든 차지철을 보며 야마모토도 그냥 그것을 보고 있지만은 않았다.

차지철이 자신의 공격을 흘리며 들어오자 야마모토는 빠르게 회수하여 이번에는 하단 베기를 시도했다.

처음의 공격이 점의 공격으로 빠른 대신 공격 포인트가 좁아 쉽게 피할 수 있다면 이번 공격은 선의 공격으로 쉽게 피할 수는 없는 공격이었다.

그렇지만 이미 야마모토의 품 가까이 도착한 차지철은 단도를 무기로 활용하는 것이 아니라 마치 방패마냥 단도의 날을 이용해 야마모토의 와키자시를 막았다.

막는 것에 그치지 않고 야마모토가 베기 공격으로 옆구리가 비자 단도를 들지 않은 왼손을 이용해 야마모토의 오른쪽 겨드랑이를 찔렀다.

사람인 신체는 아무리 단련을 하여도 단련이 되지 않는 곳이 존재했다.

눈이나 고막이 그런 곳 중 한곳인데, 차지철이 공격한 겨드랑이도 단련이 안 되는 곳이다.

그런 곳에 상당히 단련된 차지철의 손끝이 송곳처럼 파고들자 야마모토는 그만 들고 있던 검을 떨어뜨리고 말았다.

겨드랑이에 들어간 공격 한 방으로 팔에 힘이 풀려 버린 것이다.

하지만 무기를 놓쳤다고 차지철의 공격이 끝난 것은 아니었다.

지금은 생사를 겨루는 결투였다.

도색에서 행해지는 겨루기가 아닌 것이다.

상대가 약점을 보인다면 철저하게 파고들어 상대를 죽이거나 제압해야 끝나는 실전이다.

그래서 차지철은 검을 놓치고 부상당한 오른팔을 쥐고 서 있는 야마모토의 뒤로 돌아 야마모토의 오금을 발로 차고 무너지는 그의 턱을 왼손으로 잡고 조금 전까지 야마모토의 공격을 방어하던 단검을 그의 목에 가져다 댔다.

두 사람의 대결은 순식간에 이루어졌다.

한편 야마모토가 차지철에게 제압당하는 모습을 지켜본 야쿠자들은 경악을 했다.

선봉으로 나선 야마모토가 비록 지원 온 야쿠자들 중 고수는 아니지만, 그래도 정통 검도를 배운 검도 고수였다.

그런데 장난감 같은 단검을 들고 나온 상대에게 한 수에 제압당하는 모습을 보자 놀란 것이다.

성환은 두 사람의 대결을 보면서 눈을 반짝였다.

그가 본 두 사람의 실력은 근소한 차이로 야마모토가 앞서고 있었다.

하지만 결과는 차지철의 승리였다.

물론 그 차이란 것이 종이 한 장만큼이나 적은 차이였지만, 그것을 극복하고 자신보다 우세한 무기를 가지고 있는 상대를 제압한 차지철이 성환이 보기에 대단한 재능이 있어 보였다.

사실 두 사람의 대결은 원칙적이라면 야마모토의 승리가 당연했다.

하지만 결과가 반대로 나온 이유는 야마모토가 너무도 성급했기 때문이다.

처음 찌르기 공격이 실패했을 때 바로 다음 공격을 할 것이 아니라 간격을 벌려 자신이 유리한 거리를 유지해야만 했다.

그런데 야마모토는 그렇게 하지 않고 차지철이 근접한 것에 당황해 억지로 공격을 멈추고 베기 공격을 했다는 것이다.

그 때문에 차지철은 쉽게 야마모토의 빈틈을 발견해 공격을 하였고, 또 검을 들고 있는 오른손이 아닌, 자유로운 왼손을 이용한 것 또한 탁월한 선택이었다.

억지로 오른손에 들고 있던 검을 이용해 공격을 하려고 했다면 동작이 한차례 늦어질 것이고 그랬다면 야마모토는 차지철에게 공격을 받지 않고 피할 수 있었을 것이다.

하지만 결과적으로 차지철은 단검이 아닌 빈손을 이용해 빠르게 공격을 했다.

특공무술과 격술로 단련된 차지철의 공격은 비록 무기는 들지 않았지만 치명적으로 작용했다.

그 결과로 야마모토는 자신의 무기인 와키자시를 놓쳤다.

두 사람의 결과가 그렇게 나오자 야마시타는 그냥 두고 볼 수 없었다.

선봉인 야마모토가 당하자 그냥 뒀다가는 사기에 문제가 있을 것이기에 바로 공격 명령을 했다.

"쳐라!"

야마시타의 명령에 선봉으로 나섰던 두 사람의 대결을 지켜보던 야쿠자들은 들고 있던 무기를 치켜들며 김용성이 있는 곳을 향해 뛰었다.

야쿠자들이 달려들자 성환은 자신의 옆자리에 있는 고재환에게 명령을 내렸다.

"처리해라."

"알겠습니다."

너무도 담담한 두 사람의 대화는 옆자리에 있는 부산연합의 간부들을 놀라게 하기 충분했다.

'아니, 저 많은 야쿠자들이 안 보이나?'

부산연합의 간부들이 그런 생각을 하는 것도 당연했다.

달려드는 야쿠자들이 들고 있는 것은 날이 시퍼렇게 선 진검이었다.

개중에는 진검이 아닌 삼단봉으로 보이는 단봉을 들고 있는 자들도 있긴 했지만 그것도 예사 물건이 아닌 듯 봉 끝에서 전기의 불꽃이 파닥이고 있었다.

그런데 그런 것을 보면서도 평상시 대화를 나누듯 하는 성환과 고재환의 모습이 비현실적으로 느껴졌다.

한편 성환과 고재환의 대화를 듣고 있던 특임대들은 허리에 차고 있던 자신들의 무기를 꺼냈다.

태종산 일대를 경계하는 특임대들은 아머슈트가 지급된 대원들이고, 이곳에 있는 특임대 대원들은 아직 아머슈트를 지급받지 못한 이들이었다.

지금 현장에 있는 특임대는 예전 방탄복을 입고 자리에 대기를 하고 있었는데, 선봉으로 나선 차지철의 모습에 자신도 모르게 흥분을 하기 시작했었다.

그런데 방금 명령이 떨어졌다.

진검을 들고 떼로 달려드는 야쿠자들의 모습이 자못 위협적으로 보이긴 하지만 한편으로는 자신들이 얼마나 강한지 시험해 보고 싶은 호승심도 있었기에 특임대들은 긴장하지 않고 마주 달려갔다.

챙챙! 붕붕! 퍽! 쿵! 억!

야쿠자들과 KSS경호의 특임대들이 격돌을 하자 각자의 무기들이 부딪치는 소리, 무기가 허공을 가르는 소리와 무기에 맞아 비명을 지르는 소리까지 장내를 뒤덮었다.

아직 싸움에 뛰어들지 않은 사람들은 야쿠자와 특임대들의 대결을 보며 다양한 표정을 지었다.

성환이나 고재환은 자신들이 가르친 특임대의 능력을 신뢰하기에 별다른 표정을 짓고 있지 않았지만, 그들의 실력을 모르는 부산연합의 간부들이나 야쿠자의 인솔자인 야마시타나 오쿠보의 표정은 정말이지 가관이었다.

입이 더 이상 벌어지지 않을 정도로 벌어져 침을 흘리고 있었기 때문이다.

'도대체 저들은 어디에서 나타난 자들인가?'

특히 놀란 사람은 자신의 부하들이 하나둘 쓰러지는 것을 지켜볼 수밖에 없는 야마시타와 오쿠보였다.

일본 야쿠자 조직들 중에서도 가장 용맹하기로 유명한 아라가미카이의 행동대 50명이 일방적으로 당하고 있었기 때문이다.

"오쿠보! 안 되겠다. 부라쿠들을 내보내야겠다."

"알았다."

야마시타와 오쿠보는 도저히 자신의 부하들만으로는 안 되겠다 판단이 서자 마지막 카드를 사용해야겠다는 판단을 하게 되었다.

이런 야마시타와 오쿠보의 선택은 최악의 수를 꺼내 든 것이나 마찬가지였다.

만약 이 상태에서 일을 마무리했더라면 어쩌면 그들은 무사히 일본으로 돌아갈 수도 있었을 것이다.

그렇지만 두 사람이 상황을 반전하기 위해 선택한 판단은 최악의 수였다.

"사부로, 나오토, 요시…… 나가라!"

이들의 뒤에 대기하던 부라쿠들은 자신의 이름이 호명되자 앞으로 나섰다.

지옥카이와 용병 계약을 한 이들은 자신들의 인솔자인 야마시타와 오쿠보가 지시를 내리자 바로 움직였다.

한편 이들의 모습을 지켜보고 있던 성환은 이들이 움직이자마자 자신의 옆자리에 있는 최세창을 보며 말했다.

"돌연변이들이 움직이려고 한다. 그들에게 대기하고 있으라고 해."

"알았다, 그렇게 전하지."

성환은 만약을 대비해 인근에 화학부대원들을 대기시켜 놓고 있었다.

만약의 사고가 발생한다면 신속하게 오염 지역을 정화해야 하기 때문이다.

괜히 방치를 했다가 무고한 피해자가 발생할 수 있기 때문이었다.

물론 성환도 돌연변이들을 상대할 때, 최대한 조심해서 그들이 상처를 입지 않게 제압할 생각이다.

솔직히 돌연변이들이 무서운 것은 그들이 흘릴 오염된 피가 문제지, 그들의 힘이나 덩치는 성환에게 아무런 문제가 되지 않았다.

아니, 그들의 피도 어쩌면 성환에게 피해를 줄 수 없을지도 몰랐다.

성환의 내부에 작용하는 내공은 이미 내부는 물론이고, 성환의 피부 세포까지 활성화하는 단계에 이르러 있었다.

성환이 나이보다 젊어 보이는 원인도 바로 이런 밖으로 표출되는 내공 때문이었다.

세포를 죽이는 방사능과 세포의 기능을 활성화시키는 내공, 둘이 겨룬다면 어떤 결과가 나올지는 모르지만 성환의 내공이 쉽게 꺾일 것으로 보이지 않았다.

그저 주변에 있는 일반인―성환을 뺀 모든 사람―의 건강이 걱정이 될 뿐이다.

세창에게 만약을 대비하게 하고 앞으로 나선 성환은 앞으로 나서면서 가까이 있는 야쿠자들을 한 명씩 처리하며 전진했다.

하지만 기울어 가는 전세를 뒤집기 위해 돌연변이들을 투입한 야마시타와 오쿠보의 의도는 보기 좋게 빗나갔다.

야쿠자들과 상대하고 있는 특임대들은 눈앞에 있는 상대를 처리하면서도 전장을 계속해서 확인을 하며 전투를 벌이고 있었다.

그렇기에 뒤로 접근하는 돌연변이들을 확인하며 싸움을 하기에 그들의 의도는 성공하지 못했다.

성환은 야쿠자를 처리하며 나가던 걸음을 좀 더 빠르게 걸었다.

성환이 그런 선택을 한 것은 돌연변이들이 싸움판 안으로 깊이 들어온 것을 확인했기 때문이다.

아무리 특임대들이 주변을 살피고 싸움을 벌인다고 하지만 전장은 언제 어떻게 상황이 변할지 모르는 것이다.

성환은 특임대들이 최대한 다치지 않기를 원한다.

하지만 돌연변이들의 힘이 평범하지 않기에 아무리 단련을 한 특임대라 하지만 기습을 당하면 부상을 입을 수 있고, 또 급소를 불시에 공격당한다면 생명이 위급할 수도 있다.

돌연변이들에게 접근한 성환은 자신을 보고 공격하는 그의 공격을 너무도 간단하게 막아 냈다.

자신의 공격을 너무도 쉽게 막아 내는 성환의 모습에 사부로는 눈을 크게 떴다.

며칠 전에 겨뤘던 자들도 상당히 뛰어난 자였지만, 지금 자신의 앞에 있는 사람은 그들과 차원이 다른 사람이란 것을 알 수 있었다.

"당신은 누구지?"

"내가 누군지 궁금하나?"

"그렇다. 왠지 모르게 당신을 보고 있으면 두렵다."

"두렵다면, 뒤로 물러나라! 불쌍한 너희를 죽이고 싶은 생각은 없다."

성환은 자신을 보며 두렵다는 말을 하고 있는 사부로의 말에 깜짝 놀라며 그렇게 말을 했다.

덩치와 어울리지 않게 왠지 순박해 보이는 그의 말에 작은 자비심이 일어난 것이다.

사실 성환은 자신의 주위 사람들만 안전하다면 다른 것은 아무것도 상관하지 않는 성격이었다.

그런 성격은 예전 군 생활을 할 때 누군지 모를 상급자로 인해 자신의 부하들을 북한에서 모두 잃은 뒤로 생겨난 것이다.

그것이 유일한 조카 수진의 실종과 누나의 죽음으로 더욱 편향적으로 발전하게 되었다.

사실 성환이 최세창의 제안으로 실행하고 있는 삼청프로젝트 그런 맥락에서 받아들인 것이다.

그러니 지금 자신을 두려워하고 있는 사부로의 모습에서 예전 두려움에 떨던 수진의 모습이 오버랩 되었다.

그래서 이런 말을 할 수 있던 것이다.

하지만 사부로는 그런 성환의 제안을 받아들일 수가 없었다.

분명 두려운 상대지만 자신이 성환의 제안을 받아들여 전장에서 이탈을 한다면 자신의 생명은 구할 수 있겠지만 자신의 가족들은 굶어 죽어야 했다.

"그러고 싶지만 그럴 수 없다. 우린 야쿠자들과 계약을 했다. 계약을 지키지 않으면 돈 없다. 돈 없으면 내 가족들 죽는다."

성환은 사부로의 말을 들으며 돌연변이들에게 뭔가 사정이 있다는 것을 깨닫게 되었다.

더욱이 큰 덩치에 비해 뭔가 어눌한 말투가 저들의 지능이 그리 발달하지 못해 단편적이긴 하지만 최세창이나 자신의 우려처럼 일본군에서 연구하던 돌연변이는 아닌 것 같았다.

'이들은 일본군이 연구하던 돌연변이가 아니라 오염 지역

의 주민이군!'

사부로와 이곳에 온 돌연변이들의 사정을 알게 되었지만 이대로 그들을 두고 볼 수도 없었다.

'빠르게 처리해야겠다.'

성환은 일단 돌연변이들을 빨리 제압하고 조금 더 이야기를 해 보기로 했다.

조금 전과는 다르게 성환은 손에 내공을 조금 더 투입을 해 사부로의 급소를 공격하기 시작했다.

명치와 옆구리는 물론이고, 신체의 약점 곳곳을 공격했다.

일반 사람들 같으면 한 번에 제압이 되었을 것이지만, 사부로와 같은 돌연변이들은 그렇지 않았다.

그들의 피부가 마치 악어의 껍질처럼 질기고 단단해, 힘이 내부로 침투를 하지 못했기 때문에 그래도 인체의 급소에 강하게 충격을 주며 그들을 제압했다.

5.
성환의 꼼수

아무리 쉬쉬 하려고 해도 50명이 넘는 싸움을 벌인 일이 조용히 넘어간다는 것은 사실상 불가능한 일이다.

언제 어느 곳이나 냄새를 잘 맡는 사람이 있기 마련이다.

민국일보의 사회부 기자 박민완는 요즘 너무도 무료했다.

어떻게 된 일인지 예전이라면 하루가 멀다고 싸움박질을 했어야 할 깡패들이 너무도 조용했다.

그 때문에 요즘은 그의 밥벌이인 기사를 쓸 일이 별로 없었다.

물론 사회부 기자가 조폭들의 싸움만 다루는 것은 아니지만 그래도 독자들의 욕구를 자극하기에 그만한 것이 없었다.

재작년 서울에 있었던 만수파 간부들의 반란 사건이나, 강남을 차지하고 있던 진원파의 몰락 등, 그 정도는 아니더라도 뭔가 독자들이 흥미를 끌 만한 뉴스거리가 필요한 시점이었다.

정치권이 어수선하다지만 이미 정치 이야기에는 독자들이 이미 흥미를 잃은 지 오래였다.

신문사도 그런 것을 잘 알기에 요즘은 연예계 위주로 뉴스를 구성하고 있었다.

'누구누구가 비밀 연애를 하더라!', '어느 아이돌 그룹이 멤버들 간 파벌이 존재하더라!' 또는 '누가 멤버 누굴 왕따를 하더라!' 등등 자극적이고 이상야릇한 소문을 뉴스라고 내보내고 있는 것이다.

박민완은 그런 것이 너무도 싫었다.

기자라면 소문이 아닌 사실을 공공의 이익을 위해 밝혀내 알려야 한다고 생각하고 있었다.

그런데 요즘 신문사나 기자들은 그런 언론의 소임을 제대로 하지 못하고 있다고 생각했다.

자신만은 올곧은 기자가 참 언론인이 되겠다는 소신을 굽히지 않고 지금까지 생활했다.

그래서 지금 이렇게 지방에 발령받고 기사거리를 찾아 돌아다니고 있었다.

그런 박민완의 눈에 이상한 모습이 목격되었다.

부산의 관광지 중 한곳인 태종대 인근에 군인들의 모습이 보였던 것이다.

누가 탈영했다는 뉴스도 없었는데, 무슨 일인지 군인들이 주변을 경계를 하고 있었다.

"저기 무슨 일 있나요?"

너무도 이상한 기분에 경계를 하고 있는 군인에게 다가가 물었다.

한편 갑자기 떨어진 명령 때문에 퇴근도 못하고 부산까지 내려와 민간인들이 태동산으로 들어오는 것을 통제하고 있던 최지환 중사는 짜증이 났다.

오늘 드디어 그동안 공을 들이던 부대 앞에 있는 한마음 다방의 미스 최와 데이트하기로 약속을 잡았다.

일주간 벼른 데이트였는데 갑자기 떨어진 명령 때문에 부산까지 내려와 경계를 하고 있자니 속에서 열불이 났다.

더욱이 다른 곳도 아니고 눈앞에는 연인들이 쌍쌍이 팔짱을 끼고 걷고 있는 태종대가 보였다.

그러니 그가 열 받아 얼굴이 붉어진 것은 당연했다.

'씨팔! 재수 더럽게 없네!'

속으로 욕을 하고 있던 최지환은 자신과 함께 근무를 서는 민창기 병장에게 소리쳤다.

"근무 똑바로 서고 있어! 아무도 접근하지 못하게 하고!"

"알겠습니다. 그런데 선임하사님, 오실 때 음료수 하나 부탁드립니다."

최지환 중사는 비상이 떨어진 것 때문에 약속을 지키지 못한다는 것을 미스 최에게 알리기 위해 공중전화가 있는 곳으로 향했다.

그런 최지환 중사에게 함께 근무를 서는 민창기 병장이 눈치도 없이 음료수 타령을 했다.

마음 같아서야 한소리 하고 싶었지만, 그래도 제대할 날이 며칠 남지도 안은 그가 부대에 떨어진 명령 때문에 이곳까지 나와 근무를 하는 것에 마음을 달래고 알았다는 대답을 해줬다.

"이, 알았다. 오면서 하나 사다 줄 테니 근무 잘 서고 있어!"

"그럼 다녀오십시오. 여긴 걱정하지 마시고 말입니다."

최지환은 그렇게 근무지를 이탈해 공중전화가 있는 곳으로 향했다.

물론 그에게는 휴대전화가 있었다.

그것으로 통화를 할 수도 있지만, 현재 가지고 있는 휴대폰은 군에서 감청이 되는 등록 폰이었다.

그렇기에 개인적인 전화는 군에서 지급한 휴대폰을 사용하지 않는다.

그렇게 공중전화가 있는 곳을 찾아 나서는 최지환 중사의 앞에 한 남성이 다가와 물었다.

그는 다름 아닌 박민완으로 군사적으로 필요한 곳도 아닌 이곳을 군인들이 총을 들고 경계를 하고 있는 것이 이상해 다가와 물으려는 것이다.

"저기 실례합니다."

"무슨 일이시죠? 이곳은 작전지역입니다. 당분간 태종산 일대로 들어오실 수 없습니다."

그냥 무슨 일인가 물어보려는데 군사작전 지역이라며 다가 오지 말라는 말에 박민완은 눈이 번쩍였다.

'특종이다.'

박민완의 머릿속으로 뭔가 번쩍하며 스쳐 지나가는 것이 있었다.

아무도 알지 못하는 군사작전이란 요즘 같은 시대에 있을 수 없다.

아니 있기는 하지만 그건 정말로 민간인은 알 수 없는 특수한 사정 외에는 웬만한 일은 국방부에서 발표를 하여 사전에 국민에게 알려 불편함이 없게 하고 있었다.

그런데 오늘 태종산 일대에 군사작전이 벌어진다는 예고는 없었다.

태종산 일대는 관광지다 보니 많은 사람들이 왕래를 하는 곳인데, 무장한 군인들이 있으면 주변 상인들의 매출에 영향을 줄 수밖에 없다.

만약 이 일이 알려지면 분명 사단이 벌어질 것이 분명했다.

뭔가 빌미를 잡은 박민완은 최지환에게 자신의 기자증을 내밀며 질문을 하기 시작했다.

"전 민국일보 사회부 기자 박민완이라고 합니다. 지금 군사작전이라고 했는데, 관광지에서 무슨 작전을 한다는 것이죠?"

"저……."

최지환은 조금 전 자신에게 말을 걸었던 남자의 직업이 기자란 것을 알게 되자 당황하기 시작했다.

괜히 입을 잘못 놀렸다가는 무슨 일을 당할지 모르기 때문이다.

군에서의 일이 외부에 알려져 봐야 좋을 것이 없었다.

"그건 말씀드릴 수 없습니다."

미스 최에게 전화를 해 오늘 만나지 못한다는 말을 전해야 한다는 것도 잊고 바로 조금 전 떠나온 근무지로 향했다.

그런 최지환의 모습에 박민완은 그냥 그를 돌려보낼 마음이 없었다.

어떻게든 지금 벌어지고 있는 일을 꼭 알아내야만 했다.

간만에 잡은 특종을 놓칠 수는 없었기 때문이다.

'이게 어떻게 잡은 특종인데, 이대로 놓칠 수는 없지.'

자신에게서 멀어지려는 최지환 중사를 급히 따라가며 질문을 하기 시작했다.

박민완은 이때 벌써 평소 가지고 다니던 만년필 모양의 녹음기를 켜고 인터뷰를 하듯 물었다.

"아무것도 말씀 드릴 수 없습니다. 정 궁금하시면 국방부에 문의하시기 바랍니다."

최지환은 끈질기게 자신을 따라붙으며 질문을 하는 박민완의 질문에 정석적인 대답을 들려줄 뿐이었다.

그럴수록 박민완은 자신이 모르는 비밀이 이곳 일대에 벌어지고 있음을 깨닫고 얼른 국장에게 전화를 걸었다.

"국장님! 혹시 부산 영도 태종산 일대에 무슨 일이 벌어지는지 아십니까?"

혹시나 별거 아닐 수도 있기에 국장에게 전화를 해 자세한 내용을 말하기보다는 혹시 무슨 이야기 들은 것이 없는지 물었다.

하지만 들려온 이야기는 그런 것 없다는 소리였다.

"혹시 국방부에서 무슨 훈련을 한다는 발표는 없었습니까? 아니……."

자신의 예상대로 아무런 통보가 없었다는 소리를 듣고 바로 자신이 본 것을 이야기하기 시작했다.

군인들이 태종산 일대에 무장을 한 채 경계를 하고 있다는 것이다.

무장을 한 군인들이 휴전선도 아니고 후방 중에서도 최후방에 속하는 부산 영도에 있다는 말에 국장도 흥미가 생겼는지 자세히 알아보라는 말을 하였다.

박민완은 국장에게 이번 취재는 일면에 내주겠다는 확답을 듣고 기분이 업이 되었다.

"알겠습니다. 지금 군에서 어떤 일을 벌이고 있는지 철저히 알아내겠습니다. 제가 누굽니까? 물면 놓치지 않는 독사 박민완입니다. 하하하!"

국장에게 큰소리를 치고 전화를 끊은 박민완은 저 앞에 임시로 바리케이드를 치고 경계를 치고 있는 군인들을 향해 걸어갔다.

◆　　◆　　◆

성환은 야쿠자들을 제압하고 이들을 어떻게 할 것인지 고민을 하게 되었다.

일을 벌이긴 했지만 막상 일이 끝나고 처리를 하려니 야쿠자들의 인원이 너무도 많았다.

야쿠자 52명에 돌연변이가 7명이나 되었다.

야쿠자야 어떻게 한 곳에 묶어 둔다고 하지만 돌연변이들을 어떻게 해야 좋을지 판단이 서지 않았다.

자신이 제압하긴 했지만 무슨 이유에서인지 저들은 필사적으로 반항을 했다.

그 때문에 좀 과하게 손을 써 일단 기절을 시키기는 하였으나 언제까지 저들을 그렇게 둘 수는 없었다.

물론 특임대를 이용해 그들을 통제할 수도 있지만 일단 그들의 덩치가 문제였다.

돌연변이들을 사람들의 눈을 피해 다른 곳으로 데려가야 하는데 그게 여의치 않았다.

그렇다고 이곳 태종산에 임의로 창고를 지어 그곳에 숨길 수도 없는 노릇이 아닌가?

이런 저런 이유로 결론이 나지 않았다.

"사장님, 저들을 어떻게 합니까?"

고민을 하고 있는 성환의 곁으로 고재환이 다가와 물었다.

일단 야쿠자들과 돌연변이들에게 수갑을 채워 두기는 했다. 하나 야쿠자는 모르겠지만 돌연변이들에게 수갑은 그리 믿음이 가지 않는 결속 수단이었다.

아직 결론을 내리지 못한 상태에서 고재환이 다가와 물어오자 성환은 참으로 난감했다.

그런 성환의 고민을 한방에 해결해 주는 소리가 들렸다.

"정 대령, 혹시 모르니 일단 이 일대에 한해 제독 작업을 하겠네!"

최세창은 성환이 나서서 일본 야쿠자들과 그들이 동원한 돌연변이들을 제압하자 산 밑에 대기시켰던 화학부대 제독 차량을 동원해 주변을 정화 작업을 하겠다는 말을 했다.

'아! 맞아, 제독 차량을 이용하면 되겠군!'

성환은 돌연변이들의 덩치 때문에 그들을 어떻게 이곳에서 사람들의 눈에 띄지 않게 데려갈 것인가 고민을 하다 최세창 대령의 말에 생각이 난 것이다.

혹시나 돌연변이들을 제압 도중 상처가 나 그들의 피가 일대에 뿌려질 것을 우려해 대기시켜 놓았던 화학부대가 그제야 생각났다.

"그렇게 해! 참 그런데 혹시 모르니 저들은 제독 차량을 이용해 다른 지역으로 빼냈으면 하는데 말이야……."

"아, 그렇지. 그렇게 해. 괜히 저들의 모습이 다른 사람들에게 알려져 봐야 좋을 것이 없으니."

최세창도 그제야 성환이 무슨 고민을 하고 있었는지 깨닫고 그의 말에 동의했다.

이곳의 일이 마무리 되었기에 대기하고 있던 제독 차량을 불러 주변 일대를 깨끗이 씻어 냈다.

주변만 씻어 낸 것이 아니라 이 자리에 있던 사람들의 의복이며 몸까지 중화제로 깨끗이 씻었다.

물론 성환이 과하게 손을 쓰긴 했으나 그렇다고 외상을 입은 돌연변이들이 없었기에 피가 튀거나 한 일은 없었다. 그래도 혹시나 하는 심정으로 그렇게 조치를 취한 것이었다.

주변 정화 작업이 끝나고 또 결투장에 있던 인원들까지 모두 제독 작업이 끝나자 철수를 했다.

그런데 일은 엉뚱한 곳에서 벌어지게 되었다.

야쿠자들과 결투를 벌인 장소는 외부에서는 잘 눈에 띄지 않은 장소였다.

더욱이 호텔이 있는 곳에서 결투 장소까지 걸어서 이동은 할 수 있으나 차로는 갈 수 없는 지역이었다.

그 때문에 성환이 준비한 제독 차량은 관광지인 태종대 쪽에서부터 돌아 들어와야만 했다.

그러니 나갈 때도 태종대를 통해 나가야만 했다.

그런데 이때 생각지도 못한 일이 벌어진 것이다.

"잠시 만요! 잠시 만요!"

박민완은 아무리 물어도 대답을 하지 않는 중사를 보며 한 시간이 넘도록 같은 질문을 하고 또 하고 있었다.

일반 사람이라면 조금 하다 반응이 없으며 포기할 텐데, 박민완은 그렇지 않았다.

이미 국장에게 호언장담을 한 상태이기에 어떻게든 특종을 따내야만 했다.

그렇기에 벌써 한 시간이 넘도록 매달리며 무슨 일이 벌어지고 있는지 묻고 또 물었다.

"다 알고 왔습니다. 어서 말씀해 주시기 바랍니다. 군에서 이곳에 어떤 일을 벌이고 있는 것입니까? 국민의 시선이 두렵지 않습니까?"

애원이 통하지 않자 협박을 또 그것이 통하지 않으면 어르고 달래며 어떻게든 이곳에서 벌어지고 있는 비밀을 캐기 위해 노력을 했다.

그러길 얼마나 변화가 없는 군인들이 갑자기 무전을 받고는 일사분란하게 움직이기 시작했다.

굳건하게 닫혀 있던 바리케이드가 열리고 저 안쪽에서 군용 트럭이 나오는 것이 보였다.

'내 예상이 맞았어!'

박민완은 바리케이드 뒤쪽에서 딱 봐도 특수 용도에 사용되는 군용 트럭이 나오자 자신의 생각이 맞았다는 생각이 들었다.

"이래도 아무것도 아니란 것입니까? 저 차량은 생화학전에 사용되는 제독 차량이 아닙니까?"

기자인 박민완도 지금 나오는 차량이 정확하게 어떤 것인지는 알지 못하지만, 언젠가 군에서 신형 장비라고 발표했던 화학전 대비 제독 차량이란 것은 기억하고 있었다.

그가 비록 군대에 있을 때 화학병은 아니었지만, 기초 교육을 받을 때 알고 있는 것이기도 했다.

비록 제대를 한 지 10년이 넘기는 했지만 잊지는 않았다.

하지만 비밀 엄수를 하는 것인지 그의 질문을 받은 최지환 중사는 끝까지 입을 다물고 제독 차량이 지나가길 기다렸다.

한편 최지환에게 질문의 대답은 듣지 못했지만 일단 제독 차량이 나온 것을 증거를 잡기 위해 들고 있던 휴대폰을 이용해 촬영했다.

요즘 휴대폰에 달린 디지털 카메라의 성능이 고성능 카메라 못지않게 좋아 촬영을 하는 것에 아무런 지장을 받지 않았다.

더욱이 박민완의 것은 최고사양의 것으로 야간촬영 기능까지 내장된 것이라 늦은 시각이 지금도 잘도 작동되고 있었다.

한편 최세창은 군인들과 함께 철수를 하다 자신들의 모습을 촬영하는 박민완을 보게 되었다.

"거기 무슨 일이야!"

바리케이드 앞에서 휴대폰을 들고 있는 박민완의 모습을 확인한 최세창이 경계근무를 하고 있는 최지환 중사에게 물었다.

"충성! 기자라고 하는데, 안쪽에서 무슨 일이 있는 것인지 물어보고 있습니다."

"뭐?"

최세창은 최지환 중사의 말에 인상을 썼다.

뜬금없이 기자가 여기서 왜 나타난단 말인가?

지금 벌어지고 있는 일은 극비사항이었다.

국내에 방사능에 오염된 돌연변이가 돌아다닌다는 소문이 난다면 상황이 무척이나 심각해질 우려가 있었다.

"아무도 접근하지 못하게 하라는 명령 못 받았나!"

"아닙니다. 명령대로 아무도 접근하지 못하게 통제를 하고 있었습니다."

"그런데 저건 뭐야! 근무 똑바로 못 서나!"

"시정하겠습니다!"

최지환은 너무도 억울했다.

민간인인 기자가 지 멋대로 접근을 하는데, 자신이 어떻게 그의 접근을 막는단 말인가?

그렇다고 들고 있는 총으로 위협을 했다가는 더욱 큰 사단이 날 것이 빤히 보이는데 말이다.

그저 계급이 깡패라고 시정하겠다는 말을 할 수밖에 없었다.

그런 최지환의 모습에 박민완은 속으로 고소한 생각이 들었다.

별거 아닌 것 가지고 그냥 무슨 일이 있는지 살짝 얘기를 해 주었다면 상관에게 찍히지도 않을 것 아닌가?

'쌤통이다. 몇 시간 동안 날 허탕 치게 한 벌이다.'

속으로 최지환을 욕하며 그를 깨고 있는 최세창에게 다가갔다.

박민완은 어두워 최세창의 계급을 확인 못하고 접근을 한 것인데, 가까이 다가가니 세창의 계급이 생각보다 높았던 것이다.

'헉, 이곳에 무슨 대령씩이나 되는 장교가 있는 것이야! 정말로 저 안에서 무슨 일이 있었던 것이지?'

세창의 계급을 확인한 박민완은 자신의 의심을 사실로 굳혔다.

처음에는 무슨 훈련 정도로 예상을 했었는데, 자신의 질문에 아무런 대꾸를 해 주지 않는 최지환의 모습에게 국민들 몰래 비밀 실험을 하는 것은 아닌지 의심을 하게 되었다.

그런 의심을 하게 된 동기는 바리케이드를 설치하고 경계를 하고 있는 군인들의 무장이 그냥 단순 위협 수준이 아닌 실탄을 장전하고 위협을 하고 있었기 때문이다.

그러던 차에 태종산 깊은 곳에서 화학부대의 차량이 나오고 인솔 장교로는 대령이 타고 있었다는 것이 박민완의 의심을 크게 한 것이다.

"대령님! 민국일보 기자인 박민완이라 합니다. 무엇 때문에 군과 관계없는 이곳 태종산에 무장을 한 군인들이 경계를 하고 있던 것입니까? 그리고 왜 태종산 안쪽에서 화학부대의 차량이 나온 것입니까? 말씀해 주십시오!"

박민완이 이렇게 밀어붙이자 최세창도 난감해졌다.

다른 사람도 아니고 기자가 이렇게 뭔가 캐기 위해 질문을 하는 것을 막을 수가 없다는 것을 세창도 잘 알고 있다.

그렇다고 지금 이곳에서 벌어진 일을 기자에게 알릴 수도 없지 않은가.

"군사 비밀입니다."

"국민의 알 권리를 무시하시는 것입니까?"

세창이나 박민완은 자신들의 입장에서 흔히 하는 말로 상대의 의중을 피하고 또 공격을 했다.

기자인 박민완은 어떻게든 이곳에서 어떤 일이 벌어졌는지 알기 위해 국민의 알 권리라는 말로 다시 공격을 했다.

"기자양반! 알아서 좋을 것이 있고, 몰라서 좋은 것이 있다는 것을 모르시오?"

"그건……."

세창의 말에 박민완도 할 말이 없었다.

분명 자신도 잘 알고 있는 사실이다.

알아서 좋은 일이 있고, 또 그의 말대로 몰라서 좋은 일이 있다.

하지만 자신은 기자로서 군이 비밀로 하고 이곳에서 한 일을 알아야만 했다.

"내가 확실하게 알려줄 수 있는 것은 여기서 있었던 일이 외부에 알려지게 된다면 큰 혼란이 온다는 것이오. 국익에 도움도 되지 않고, 사회 혼란만 야기하는 사실을 굳이 알려고 하지 마시오. 때가 되면 군에서 발표를 할 것이니."

세창은 단호하게 선을 긋고 정차했던 차를 출발시켰다.

"출발해!"

세창의 명령에 정차했던 차가 출발하고 뒤에 남은 박민완은 떠나가는 차의 뒷모습을 쳐다보다 이를 악물었다.

'이대로 내가 가만있을 것 같아?! 어디 기사가 나가고 나서도 그런 얼굴을 할 수 있는지 두고 보자!'

자신의 물음에 사회 혼란이 온다는 말로 도망을 치는 그에게 한 방을 먹여 주겠다는 생각을 한 박민완은 조금 전까지 촬영한 동영상과 몰래 녹음을 한 내용들을 편집하기 위해 자리를 떠났다.

◆　　◆　　◆

이른 아침, 샤워를 마치고 나오는 성환을 찾아온 사람이 있었다.

"회장님! 큰일 났습니다."

큰일 났다는 말을 하며 호들갑스럽게 방으로 들어오는 김용성을 보며 성환은 고개를 갸웃거렸다.

현재 성환의 곁에는 고재환 전무나 다른 KSS경호의 직원이 아무도 없었다.

그들은 어제 저녁 일을 끝내고 김용성이 베푸는 회식자리에 참석을 하고 바로 서울로 올라갔다.

아니, 정확하게는 갱생도로 돌아간 것이다.

일부 특임대 대원들을 뺀 모든 직원들이 갱생도에 마련된 훈련장에 돌아갔는데, 그 이유는 아직 익숙하지 않은 아머슈트 운용을 보다 더 능숙하게 운용을 하기 위해서다.

오랜 훈련으로 성환이 휴가를 주려고 했지만, 직원들이 원하지 않으니 어쩔 수 없는 일이었다.

사실 특임대도 휴가를 준다는 성환의 말에 기분이 좋았지만, 그보다 더 큰 욕망이 있어 거절을 했다.

비록 실전에 투입되지 않았지만 아머슈트를 입고 자리에 대기를 하고 있으면서도 조금은 불안했었다.

중국에서 돌아가면서 아머슈트에 익숙해지기 위한 연습을 하긴 했지만 아직까지 아머슈트라는 이 첨단 갑옷을 자기 몸처럼 움직이긴 여간 힘든 것이 아니었다.

사장인 성환이나 자신들의 목표가 아머슈트를 입고도 입지 않은 것처럼 자연스럽게 움직일 수 있는 것이 목표였기 때문이다.

하지만 아직은 짧은 시간은 운용이 되겠지만 전투에 들어간다면 보다 더 운용 시간이 짧아지기 때문이다.

더욱이 자신들에게는 전직 CIA특작대라는 경쟁자가 있지 않은가?

전에야 그들이 적이었지만, 지금은 사장인 성환의 밑에 들어온 동료였다.

오래전부터 아머슈트를 운용하던 그들과 이제 아머슈트라는 것을 지급받은 자신들과의 갭이 있는 건 당연했다.

하지만 특임대는 전직 S1부대원들이 교육을 시킨 사람들이다.

전 세계에 있는 특수부대 중에서도 수위에 들어가는 대한민국의 특수부대 중에서도 최고의 인재들만 뽑아 양성한 것이 S1.

그런 존재들이 가르친 사람들이 특임대이다 보니 그들의 자부심은 그 무엇과도 비교할 수 없는 것이다.

하지만 중국에서 그런 특임대의 자존심이 무너졌다.

회사에 합류한 지 얼마 되지 않은 전직 CIA특작대들과의 대결에서 졌기 때문이다.

비록 그들이 작용한 것들이 자신들보다 우수한 아머슈트이고, 또 오래전부터 아머슈트에 적응해 있는 사람들이라고 하지만, 그건 이유가 되지 않았다.

그래서 휴가도 반납하고 자신의 파트너가 될 아머슈트를 조금 더 자연스럽게 운용하기 위해 연습하기 위해 갱생도로 향했다.

그러니 현재 성환의 곁에는 그를 수행하는 KSS경호의 직원이 한 명도 없었다.

그러다 보니 급하게 들어오는 김용성을 맞이할 사람도 없이 그저 목욕 타월을 허리에 두른 성환이 김용성을 맞이하게 된 것이다.

"무슨 일인데 그렇게 호들갑이야."

"큰일 났습니다. 이것 좀 보십시오."

김용성은 성환의 물음에 자신이 들고 온 신문을 성환의 앞에 내밀었다.

성환은 자신의 앞에 신문을 내미는 용성의 모습을 잠시 쳐다보다 신물을 보았다.

지면 일면에 커다랗게 사진이 크게 박혀 있고, 그 상단에 큼지막하게 자극적인 제목이 떡하니 적혀 있었다.

[대한민국 군은 국민들 몰래 어떤 비밀 실험을 하고 있는가?]

제목만 보면 군에서 비밀 실험을 하고 있는데, 그것이 자못 위험한 실험을 하는 것처럼 착각을 하게 만들고 있었다.

더욱이 그 밑에 있는 사진 속에는 어젯밤 태종산 일대를 제독했던 화학부대의 제독 차량이 떡 하니 나와 있고 보조석에는 자신의 동기인 최세창 대령이 상체를 밖으로 내밀고 뭔가 이야기를 하고 있는 것처럼 보였다.

그런데 그 모습이 참으로 묘하게도 위에 있는 제목과 연관되어 마치 극비 실험을 들켜 신경질적으로 보인다는 것이었다.

더군다나 보도 내용도 군에서 질문을 하는 기자의 추궁에도 담당자로 보이는 장교가 비협조적으로 나와 알 수 없었다는 내용이었다.

"허, 어이가 없군!"

성환은 신문을 읽으면서 어이가 없었다.

사실과는 너무도 동떨어진 마치 군에서 무슨 음모를 꾸미고 있는 것처럼 묘사를 해 놓았기에 일부 몰지각한 독자나 무턱대고 악질적인 댓글을 달아 대는 악플러들이 뉴스를 본다면 어떤 사태가 벌어질지 골치가 아파졌다.

신문에 뉴스거리로 나왔다면 당연 인터넷에도 기사가 올라오는 것은 당연했다.

또 다른 언론사들은 사실 확인을 하지 않고 경쟁적으로 이번 사건을 퍼 나를 것이 분명했다.

한동안 자극적인 사건이 없었으니 오랜만에 접한 먹잇감을 그냥 두지 않을 것이 분명했다.

하지만 그렇다고 사실을 밝힐 수도 없는 일이었다.

방사능에 오염된 돌연변이들이 아무런 제재도 받지 않고 출입국 관리소를 통과했다는 것이 알려진다면 사회적으로 큰 혼란이 일 것이 분명하기에 그대로 발표를 할 수가 없었다.

더욱이 2011년에 발생한 일본 후쿠시마 원전 폭발사고 이후 방사능 오염에 관한 루머는 끊임없이 흘러나오며 사람들을 공포에 휩싸이게 만들었다.

특히 일부 소문은 사실로 밝혀지기도 해 큰 충격을 주었다.

한 예로 사고 직후 후쿠시마 인근 지역의 농수산물이 사람들의 기피 대상이 되어 팔리지 않는 사태가 벌어졌다.

이때 일본의 한 방송사에서 지역 상인들을 살리자며 농산물 사 주기 운동을 펼친 적이 있었다.

그때 동원된 것인 연예인들이었는데, 장기 프로젝트로 사고 지역 인근에서 생산된 농산물로 일 년 동안 요리를 해 식사를 한다는 프로그램이었다.

하지만 결과적으로 당시 프로그램을 담당하던 사회자와 출연했던 아이돌 그룹의 멤버가 방사능에 피폭이 된 사건이 벌어져 프로그램은 중도 퇴출이 되었다.

그런데 여기서 문제는 그들이 먹었던 농수산물들이 섭생이 가능한 기준치를 넘지 않은 것들이었다는 사실이다.

오염 정도가 낮은 기준치 이하여서 섭취가 가능하다고 해도 그건 한두 번이지, 장기간 섭생을 하다 보면 농수산물에 들어 있던 방사성 물질이 인체에 축적이 된다는 사실을 몰랐던 것이다.

이 때문에 무고한 사람들이 무지로 인해 돌이킬 수 없는 피해를 입고 말았다.

하지만 일본의 그 누구도 그 프로그램에 대한 책임을 지지 않았다.

프로그램을 방영했던 방송국도 그렇다고 안전하다고 떠들던 일본의 정치인들도 그저 프로그램을 중도에 하차시키고 덮어 두기만 할 따름이었다.

이런 사실을 접한 세계인들은 경악을 하고 말았다.

다만 일본에서 사실 확인을 해 주지 않아 그저 루머로 그쳤지만, 만약 한국에서도 이와 비슷한 사건이 벌어진다면 어떻게 될 것인가?

그것은 보지 않아도 답이 나와 있는 문제다.

예전 광우병이 의심되는 미국산 소를 손질을 하려고 했을 때 대한민국의 국민들은 한마음으로 시민 광장에 모여 시위를 했었다.

그 뒤로도 정부는 많은 정책적 오판을 해 국민들에게 실망을 가져오게 만들었다.

그런 상황에서 방사능에 오염된 돌연변이들이 버젓이 활보를 한다고 하면 사람들이 가만두겠는가?

성환은 그 때문에 이번 일을 어떻게 해결할 것인지 고민을 하기 시작했다.

그리고 성환이 고민을 하고 있을 때 전화벨이 울렸다.

"여보세요."

잠시 고민을 한다고 해결책이 나오는 것이 아니기에 성환은 일단 전화를 받았다.

"알았다. 조금 뒤에 보자."

전화를 건 사람은 바로 신문에 찍힌 자신의 동기인 최세창이었다.

아마도 그 또한 아침에 부대로 출근을 했다가 신문을 본 것 같았다.

그냥 덮을 수 있는 문제가 아니기에 어느 정도 언론에 공개를 해야 하는데, 그것을 조율을 하자는 소리였다.

그래서 성환은 세창과 약속을 잡았다.

"부산을 좀 더 돌아보려 했는데, 올라가 봐야겠다."

"아닙니다. 이 문제가 워낙 큰일이니 이 문제부터 해결을 하는 것이 당연하지요."

성환이 부산에 내려온 것은 사실 야쿠자의 위협에서 용성을 구해 주기 위해서만이 아니었다.

김용성이 자시의 명령으로 부산에 내려와 부산의 암흑가를 제패했다고 하지만, 아직도 외국 조직과 손을 잡고 불법적인 일을 하는 자들이 있어 그들을 처리하기 위해 내려온 것이다.

온전하게 김용성이 부산을 휘어잡을 수 있게 반대 세력을 척결하는 것까지 계획을 하고 내려온 것인데, 어제 일이 기자에게 들키는 바람에 계획이 빗나가고 말았다.

"올라가서 몇 명 보내 줄 테니 나머진 네가 알아서 해라."

"감사합니다."

용성은 성환의 말을 듣고 인사했다.

성환의 성격으로 봐선 보내 주겠다는 사람은 분명 KSS경호의 경호원들은 아닐 것이다.

자신이 하려는 일이 암흑가의 일이니 아마도 최진혁에게 이야기를 할 것이 분명했다.

지금이야 독립을 해 나왔지만 아직도 최진혁과는 연락을 하며 연대를 하고 있었다.

최진혁도 김용성과 연대를 하는 것이 나쁜 것만은 아니다.

아무튼 만수파에서 인원이 온다면 암중으로 자신의 정책에 사사건건 반대를 하는 반도들을 보다 수월하게 처리할 수 있을 것이란 생각에 기분이 좋았다.

성환은 잠시 김용성을 바라보다 옷을 입기 시작했다.

최세창과 만나기 위해선 서둘러야 했기 때문이다.

◈　　◈　　◈

정보사령부 인근의 조용한 음식점 성환은 최세창 대령과 만나기 위해 그곳을 찾았다.

부산에서 급하게 달려 세 시간 만에 주파를 해 달려온 것이다.

그 때문에 아마도 이달 말일에 과속으로 인한 과태료 고지서가 상당히 많이 날아올 것이 분명했다.

하지만 일을 하다 보면 그런 것이 중요한 것이 아니기에 사소한 것은 무시하고 달려 약속시간에 늦지 않았다.

"일찍 왔네?"

생각보다 일찍 온 성환을 보며 최세창은 그렇게 인사를 했다.

"약속이니까."

"그래, 넌 약속 하나만은 철저했지."

두 사람은 만나자 서로 가볍게 인사를 주고받았다.

바로 어제까지 함께 있었는데, 날이 밝았다고 또 이렇게 인사를 하는 것이 좀 이상하기도 했지만, 어차피 본격적인 이야기를 꺼내기 전 가볍게 대화하는 것이다.

"아무래도…… 어느 정도는 언론에 알려야 할 것 같다."

세창은 일단 성환에게 부산에서 있었던 일 가운데 일부라도 언론에 발표를 해야 할 것이란 말을 꺼냈다.

언론에서만 떠든다면 별 신경을 쓰지 않겠지만 무엇 때문인지 정치권에서도 이번 일로 말들이 많았다.

아마도 삼청프로젝트에 따른 숙군(肅軍)을 단행한 것 때문에 자신들과 연관을 맺던 인맥들이 떨어져 나간 것에 대한 반발인 듯, 무척이나 거센 압박이 들어오고 있었다.

그런데 너무도 이상한 것은 바로 어제 발생한 일인데, 아침 일과를 하기도 전에 그런 압박이 들어왔다는 것이다.

아무래도 현 군부를 눈에 가시처럼 생각하는 곳에서 정보를 취득하고 공격하는 것이라 짐작되었다.

그렇기에 일단 군에서 음모를 꾸미고 있는 것이 아니란 것을 알려야만 했다.

"어느 선까지 알릴 건데? 그대로 발표를 했다가는 오히려 너만 더 힘들어질 수 있다."

확실히 그랬다.

성환의 말처럼 조폭들의 싸움에 군이 나섰다는 것이 알려진다면 어쩌면 세창은 군복을 벗어야 할지도 모를 일이었다.

그렇게 된다면 그동안 군 쇄신을 위해 노력했던 것이 주춤할 수도 있었다.

지금까지 군 내부에서 정치군인들을 축출하기 위해 얼마나 노력을 했던가? 그리고 그 핵심에 최세창이 있었다.

어떻게 보면 그런 최세창을 이번 일로 숙청을 당할 수도 있었다.

그러니 불과 하루 만에 이렇게 일을 크게 벌이는 것이다.

물론 별거 아닌 일로 끝난다면 적이 누구인지 알게 되는 반대급부가 있긴 하지만 말이다.

무슨 일이 있었는지 그대로 발표를 할 수가 없다는 것이 딜레마였다.

"이렇게 된 것 차라리 이렇게 하는 것이 어떠냐?"

성환은 뭔가를 생각하다 자신이 생각한 것을 은근한 말투로 말하기 시작했다.

"어떻게?"

성환의 은근한 말에 세창은 눈을 동그랗게 뜨며 물었다.

간간히 성환이 하는 이야기 중에 생각지 못했던 길이 보였기에 성환의 말에 집중을 한 것이다.

"이번 일은 그곳에 군, 그것도 화학부대 차량이 있었던 것이 문제가 된 것 아니냐?"

"그렇지?"

"그러니 제독 차량이 그곳에 갈 수밖에 없던 이유를 만들면 되는 것 아니냐."

"어떻게?"

세창은 이번 문제를 너무도 간단하게 말을 하는 것에 어떻게, 라는 물음을 던졌다.

자신이 성환의 부탁으로 참모총장에게 상신해 제독 차량이 부산에 파견을 보낼 수 있었다.

하지만 그것을 그대로 언론에 알릴 수 없기에 이렇게 답답해하는데 그걸 알면서 이렇게 말하는 것이 이상했다.

"간단하게 생각해, 그냥 그곳에 화학 물질이 있다는 신고가 들어와 군에서 출동한 것으로 하면 되잖아!"

"그런 수가 있었군! 그런데 누가 신고를 한 것으로 하냐?"

"그건 내가 한 것으로 하면 되지."

"네가?"

"그래, 그래야 내가 군대에 신고를 한 것에 의심을 하지 않을 것 아니냐."

성환은 서울로 올라오는 내내 그 생각을 했었다.

언론이 떠들어 대면 군에서 뭔가 발표를 해야만 한다.

아무리 폐쇄성이 짙은 군대라 하지만, 언론을 무시할 수만은 없었다.

더욱이 정치권과도 요즘 좋지 못한 사이인데, 입을 닫고 버틸 수는 없지 않은가?

"그리고 이번 야쿠자들도 적당히 이용을 하는 것이 좋을 것 같아!"

"그건 어떻게?"

"그 일은 내가 적당히 조작을 할 테니 넌 그대로만 발표하면 된다."

성환은 어느 정도 자신의 이야기가 통하자 세창에게 발표할 내용에 관해 기본 틀을 알려 주고, 자신은 그에 맞춰 어제 그 장소에 화학부대 차량이 있을 수밖에 없던 이유를 적당히 만들어야만 하겠다는 생각을 했다.

성환이 야쿠자를 이번 일에 껴 넣는 이유는 이번만으로 그들이 끝내지 않을 것이란 생각 때문이다.

김용성이 부산을 차지하고 야쿠자와의 연계를 끊어 버리자 그들은 자신들의 돈을 찾기 위해 꾸준히 그에게 암살자를 보냈다.

그것이 통하지 않자 이번에는 대규모 인원을 투입하기까지 했다.

그 안에는 무척이나 위험한 존재들이 있었다.

그렇기에 성환은 이번에는 막아 냈지만 다음번에는 어떻게 될지 몰랐다.

자신이 용성의 곁에만 있을 수는 없는 일 아닌가?

그러니 이번 기회에 이번 사태를 해결하면서 야쿠자까지 엮어 그들이 부산에 눈도 주지 못하게 만들 계획이다.

6.
소 뒷걸음질에 쥐잡기

웅성, 웅성웅성.

많은 사람들이 용산 이태원에 있는 국방부 공보실에 모였다.

이들의 신분은 각 방송국이나 신문사에서 나온 기자들로, 민국일보 박민완 기자가 쓴 기사로 인해 달궈진 군 비밀실험에 관한 국방부 발표가 있다는 정보 때문에 이곳에 모여들었다.

"이봐, 박 기자. 뭐 알고 있는 것 있나?"

"네가 뭘 알겠어. 지금까지 조용히 있다 뭔가 발표를 하려고 하는 것을 보니 급하긴 급했나 봐."

"그러게, 정말로 박 기자 말대로 군에서 뭔가 비밀실험을 한 것 아닐까?"

"그건 모르지, 만약 그렇다면 대박이고……."

박민완 기자는 옆자리에 있는 동료 기자의 말에 말끝을 흐렸다.

자신의 질문에 무성의하게 답을 하던 장교 때문에 화가 나 터트리긴 했지만, 지금 생각해 보면 다른 곳도 아니고 굳이 영동서 비밀 실험을 할 필요가 있었나 하는 생각이 들었다.

아무리 생각해도 그건 아닌 것 같아 기분이 찜찜해 자신을 부러운 눈으로 쳐다보며 질문을 한 동료 기자에게 그렇게 말을 흐릴 수밖에 없었다.

그리고 그런 박민완의 생각은 곧 현실로 다가왔다.

"국방부 대변인 권민중입니다. 곧 장관님께서 나오셔서 이번 부산 태종산 의혹에 대한 발표를 하겠습니다. 모두 정숙해 주시기 바랍니다."

대변인이 나와 국방부 장관이 나와 원고를 들고 나타났다.

찰칵! 찰칵!

장관이 단상에 들어서자 카메라 기자들이 그의 모습을 카메라에 담았다.

"반갑습니다. 국방부 장관 이정웅입니다. 어제 민국일보에서 발행한 기사 내용 중 사실과 맞지 않는 내용을 실어 군의 명예를 실추시킨 일…… 당시 사건의 개요는…… 입니다."

장장 다섯 페이지가 넘는 원고를 읽으며 이정웅 장관의 발표가 끝나자 공보관 내에 있던 내외신 기자들은 하나같이 경악을 하고 말았다.

특히나 일본에서 온 기자는 사색이 되고 말았다.

그가 그럴 수밖에 없던 이유는 이정웅 장관이 발표한 내용 때문이었는데, 그 내용이 자못 한국과 일본 양국 관계를 악화시킬 수 있는 내용이 들어 있었기 때문이다.

"NHL의 이토 준지 기자입니다. 장관님 방금 발표하신 내용이 사실입니까?"

준지는 도저히 믿을 수 없는 내용이라 이정웅 장관에게 질문을 던졌다.

아직 질의 시간이 아니지만, 너무도 심각한 내용이라 장내에 있던 그 누구도 그의 갑작스런 질문에 제재를 하지 못하고 장관의 얼굴을 주시했다.

그런 기자들의 반응에 이정웅 장관은 잠시 주변을 살피다 담담하게 답변을 했다.

"그렇습니다. 물론 그들이 일본을 대표하는 사람이라고 할 수는 없지만, 어찌 되었든 일본의 불온단체가 부산에서 화학테러를 준비했고, 그것이 사전에 발각되어 군에서 조기에 진압을 했다는 것입니다. 현장에서 붙잡혔던 일본인들은 총 52명으로 그들은 당시 총과 일본도로 무장을 하고 있었다고 합니다."

웅성웅성!

국방부 장관이 일본 기자의 질문에 답변을 하고 그 말미에 붙잡힌 범인들이 총과 칼로 무장을 하고 있었다는 말을 하자 장내는 더욱 시끄러워졌다.

이정웅 장관은 일부러 기자들을 자극하기 위해 총과 흉기라고 말을 할 수도 있지만, 굳이 꼬집어 일본도라고 말을 함으로써 국내 기자들을 자극했다.

장관이 그런 말을 한 것은 현재 언론이 군이 뭔가 비밀을 숨기고 있는 것은 아닌가, 하는 의심을 하고 있기에 그런 시선을 다른 곳으로 분산시키기 위한 방편으로 그런 것이다.

이미 이런 것이 습관이 되었기에 너무도 자연스럽게 그런 말을 한 것이다.

그리고 그 의도는 확실하게 효과를 보이고 있었다.

2000년대부터 일본의 정권은 우익으로 치우치며 한국과 대립을 하기 시작했다.

일제 식민 지배 시절 벌였던 그들의 잘못을 반성하지 않고, 2차 대전 벌였던 반인륜적인 일도 보는 관점에 따라 죄가 되기보다 애국이라는 말로 망언을 일삼았다.

뿐만 아니라 위안부 할머니들에 대한 문제라든가 한국령이 확실한 독도를 자국의 영토이며 한국이 불법 점거를 하고 있다고 호도를 하고 있다.

그리고 일본 정부는 그에 그치지 않고 역사 교과서도 왜곡을 하여 일본의 청소년들을 가르쳐 왜곡된 역사관을 가지게 만들며 자신들의 행동을 정당화하기 시작했다.

2차 대전에 패배를 하며 평화헌법을 제정하고 군대를 갖지 않겠다, 선언을 했으면서도 다시 말을 바꿔 '동맹을 위해선 해외 파병도 가능하다' 라는 요상한 법해석을 하더니 결국에는 그 평화 헌법마저도 고쳐 군대를 가지게 되었다.

그런 일본은 자신들의 군사력에 자신감을 얻었는지 수시로 한국을 도발하고 있었다.

그 때문에 요즘 들어 한국과 일본의 관계는 그 어느 때보다 좋지 못했다.

어떻게 된 인종이, 일본의 정치인들은 역사의 해석을 자신들 입맛에 맞게 해석을 하는 비범한 능력이 있는 것인지 정신을 차리지 못하고 망언을 일삼았다.

그런데 이번에 부산에서 일본인들이 대량의 독가스 테러를 모의하다 적발되었다.

그러니 일본에서 온 기자들 빼고 장내에 있는 내외신 기자들은 이 소식을 전하기 위해 손을 바쁘게 움직였다.

"평화일보의 신민아 기자입니다. 장관님 그럼 이번 일이 군에서 비밀실험을 한 것이 아니란 말씀이시죠?"

"그렇습니다."

"그럼 그 일본인들은 어떻게 되는 것입니까?"

신민아 기자의 질문에 다시 한 번 기자들의 시선이 집중되었다.

"그들은 테러범입니다. 그에 맞는 대우를 받을 것이지만, 일단 그들의 배후를 캐기 위해 조사를 더 진행을 할 것입니다. 그리고 만약 배후가 드러난다면 그들에 대하여 철저한 보복을 할 것입니다. 이상 기자회견을 마치겠습니다."

이정웅 국방장관이 그렇게 자리를 떠나자 기자들의 발걸음이 바빠졌다.

방금 들은 기사를 정리해 송고를 해야 했기 때문이다.

◈　　◈　　◈

국방부 장관이 기자회견을 하는 모습을 보기 위해 사람들이 모여 있는 어느 방에서 성환과 최세창 대령이 TV를 보며 이야기를 나누고 있었다.

"야, 정말 저대로 괜찮을까? 잘못하면 외교 문제로 번질 수 있는 일인데."

최세창은 지금 국방부 장관이 기자회견을 하는 내용에 관해 성환에게 우려를 나타냈다.

"큭, 그렇게 겁나냐?"

"그럼 안 나겠냐?"

"이미 준비는 다 해 두었다."

"그게 정말이냐?"

"그래, 그제 만났던 부산연합의 회장이 일부 이권을 포기하고 넘겨주었다."

성환은 어제 세창과 이야기를 하고 대책을 마련하기 위해 부산까지 내려가 준비를 했었다.

야쿠자들을 일본의 테러단체 회원으로 만들고, 그들에게 무기와 테러에 사용할 독가스를 제공할 단체를 만들기 위해 부산에 간 것이었다.

그 때문에 예전 칠성파가 가지고 있던 기업들 중 야쿠자의 자본이 들어간 곳 한 곳을 정해 장부를 조작했다.

어차피 자금세탁을 하기 위해 설립한 회사이다 보니 조작을 하기가 무척이나 쉬웠다.

그래서 하루에 조작을 하고, 또 잡혀 있는 야쿠자 중 우두머리인 오쿠보와 야마시타를 세뇌하였다.

성환이 백두산의 비동에서 얻은 비급 중에는 인간의 정신을 혼미하게 하여 시술자의 의도에 맞게 세뇌를 하는 기술도 있었다.

성환은 이것을 사용할 때마다 자신이 인간이 아닌 것만 같아 별로 좋아하지 않았다.

하지만 필요하다면 악마와도 웃으며 손을 잡을 수 있는 성환이기에 과감하게 손을 썼다.

처음 이 기술을 쓴 상대는 바로 성환의 손에 죽은 전 만수파 두목 최만수였다.

수진의 납치 사건에도 연루되었고, 또 성환의 누나인 정성희의 죽음과도 연관이 있기에 손을 썼었다.

그 결과는 아주 훌륭했다.

이미 성환에 대해 공포를 느끼고 있던 최만수는 시술을 받자마자 아무런 거부 반응 없이 성환의 질문에 순순히 대답을 했다.

그래서 자신의 원수들이 누구인지 알게 된 성환은 최만수를 필두로 진원파의 두목인 이진원과 당시 변호사였던 김인수 등을 죽였다.

비록 그것이 범죄이긴 하지만, 지금도 그때 자신이 직접 그들을 처단한 것에 후회는 없다.

권력의 비호를 받고 있는 이들이 자신의 죗값을 달게 받지 않고 법의 허점을 이용해 교묘히 빠져나가고 있다는 것을 알기에 직접 죗값을 치르게 한 것이다.

지금도 비슷한 일이 벌어진다면 똑같이 아니, 더 철저하게 죗값을 치르게 만들어 줄 용의가 있었다.

아무튼 어느 누가 조사를 하더라도 빈틈이 없게 준비를 끝내 놓은 상태이기에 성환은 느긋하게 국방부 장관의 기자회견을 시청했다.

그런데 아이러니하게도 성환이 꾸민 이 일 때문에 불똥이 떨어진 존재들이 있었다.

대구의 한 호텔, 그 안에 투숙 중인 일본인 부부는 TV를 보다 심각한 표정을 지었다.

사실 이들은 호텔에 투숙하기 위해 체크인을 할 때 부부라 신상명세를 적은 것과 다르게 이 두 사람의 관계는 직장의 상사와 부하였다.

그리고 이들의 직장은 바로 비밀에 싸여 있는 일본의 내각 정보국이었다.

그 내각정보국 내에서도 극비 부대인 닌자부대의 수장이었다.

소속이 일본 군 소속이 아닌 내각의 정보국이지만, 이들의 계급도 군대와 같은 편제를 가지고 있었다.

닌자부대의 수장의 계급은 대좌이긴 하지만, 그 위에 장성급 인사가 없기에 정보국에서 그가 최고위 인사였다.

그의 위로는 일본의 총리뿐이다.

그런 요시오가 신분을 숨기고 총리의 명령으로 극비 작전을 하기 위해 한국에 침투해 있었는데, 특보라며 흘러나오는 한국 뉴스 때문에 무척이나 화가 났다.

"바가야로!"

와장창!

요시오는 부관인 사나다 준코 소위의 부름에 방에서 나와 뉴스를 보다 권민중 국방부 장관의 기자회견 내용을 듣고 화가 머리끝까지 나 탁자 위에 있던 컵을 TV에 던져 버렸다.

그 바람에 TV모니터에 날아간 컵과 TV는 박살이 나고 말았다.

"준코! 다른 곳에서 먼저 손을 쓰겠다고 한 곳이 있나?"

요시오는 뉴스에 나온 일본인들이 혹시 자신들과 함께 한국을 혼란에 빠뜨리기 위해 건너온 내각조사실 요원들이 아닌가, 하는 생각에 부관인 준코에게 물어본 것이다.

하지만 한국에서의 작전은 전적으로 자신들이 주관하고 있었기에 따로 독립적으로 진행하는 곳이 없었다.

그리고 그런 보고도 받지 못했다.

"대좌님, 그런 보고 받은 적이 없습니다."

"그럼 조센징들이 떠드는 저건 뭔가?"

준코의 대답을 들은 요시오는 TV에 떠들고 있는 아나운서의 목소리를 들으며 소리쳤다.

"음, 자세히 알아보겠습니다."

"자세히 알아봐."

"하이!"

준코는 요시오에게 알아보겠다는 말을 남기고 밖으로 나갔다.

이들이 묶고 있는 호텔은 외형으로는 한국인 소유로 알려진 호텔이지만 그의 정체는 오래전 신분을 숨기고 한국에 건너온 일본인이었다.

2차 대전을 패하고 한국에서 철수한 일본은 폐허 속에서 국가를 일으켜 세우기 위해 많은 것을 감내하며 잿더미의 땅 위에 산업화를 이룩했다.

일본이 일어서는데 밑거름이 된 것은 우습게도 해방된 지오 년 만에 발발한 한국의 전쟁 때문이었다.

그렇게 한때 자신들이 지배하던 한국에서 전쟁이 나는 통에 전쟁특수를 톡톡히 경험했다.

일본은 소련에 부동항을 주지 않기 위해 한국전쟁에 뛰어든 미국으로 인해 많은 혜택을 누렸다.

물자 보급기지로서 미국에서 들여오는 온갖 물자들이 일본을 거쳐 한국으로 넘어갔다.

그렇게 산업화를 이룩한 일본은 그때 벌어들인 자본으로 60년대 70년대 고도의 경제 성장을 했다.

어느 정도였냐 하면 자신들을 패망하게 만들었던 미국의 대표하는 기업이나 주요 도시들의 땅을 매입하였다.

그 때문에 한때 미국인들 사이에선 일본을 경계해야 한다는 말이 나올 정도로 그들은 엄청난 발전을 하며 다른 방법으로 미국을 잠식하기에 이르렀다.

고도로 발전했던 일본은 경제 성장에 따라 부동산의 가치도 극도로 올랐다.

하지만 달도 차면 기운다고, 경제 성장이 둔화되면서 문제가 발생하기 시작했다.

기업들의 미래 투자는 실패로 돌아서고, 최고조에 올랐던 부동산은 거품이 빠지기 시작했다.

그러자 일본 사회에 심각한 부작용이 나타나기 시작했다.

부동산을 담보로 은행에 대출을 했던 기업들이 도산을 하기 시작한 것이다.

아무리 상품을 생산해 수출을 해도 물건은 팔리지 않고, 또 은행이자는 날로 쌓여 가며 결국 적자에 못 이겨 도산을 하게 되었다.

이렇게 일본 기업들이 줄줄이 도산을 하자 그들에게 대출을 했던 은행들도 부도가 났다.

일본이 이렇게 경제가 붕괴되고 나락으로 떨어질 때, 일본과 비슷한 산업 구조를 가지고 있던 한국은 반대로 활황을 걷기 시작했다.

일본에 비해 저렴하고 품질은 뒤지지 않는 제품이 쏟아 내며 일본이 가지고 있던 자리를 대신해 경제 성장을 하기 시작했다.

이때부터였을까? 일본은 어느 순간 이런 생각을 했다.

자신들이 불황의 늪으로 빠진 것은 한국이 발전하면서 자신들의 부를 가져갔기 때문이다.

물론 그것은 말도 되지 않는 억지였다.

자신들의 투자 실패를 한국에 책임을 전가한 무책임한 일이지만, 일본의 위정자들은 그렇게 생각하지 않았다.

국민들에게 자신들이 경제 정책 실패에 대한 책임론이 일어나기 전 원망의 대상을 외부에서 찾은 것이다.

그리고 그런 위정자들의 의도가 먹히기 시작했다.

일본의 우익들은 자국민에게 우경화 정보를 주입하는 한편, 어떻게든 한국에 넘어간 경제주도권을 뺏어 와야 한다고 생각했다.

그러기 위해선 외부에서 힘을 쓰는 것 보다는 내부에 침투해 흔드는 것이 좋다는 생각에 많은 일본인들을 위장 귀화시

쳤다.

마치 뻐꾸기가 남의 둥지에 알을 낳듯이, 뻐꾸기 알을 한국에 심은 것이다.

그렇게 한국에 넘어온 일본인들은 신분을 숨기고 한국인으로 살면서 많은 일을 했다.

공작금으로 전달되는 자본으로 경제활동을 하면서 한국경제를 잠식하고 더 나아가 정계까지 영향력을 행사하기 시작했다.

이곳 호텔의 사장도 그때 파견된 일본인들 중 한 명이다.

드디어 한국을 집어삼키기 위한 최종 작전에 돌입을 하자 그 은신처를 제공한 것이다.

그런데 뜻하지 않게 엉뚱한 곳에서 사고가 발생했다.

자신들과 다른 또 다른 팀이 움직였다가 발각이 된 것인지 한국군에 붙잡힌 것이다.

한국 경찰에 붙잡힌 것이라면 어떻게든 무마했을 것이지만, 경찰이 아닌 군에 알려져 잡혔다.

더욱이 현장에서 독가스 제조용 화학물질과 총기를 가지고 붙잡혀 자신들이 손을 쓸 수도 없게 되었다.

요시오가 이렇게 작전에 대하여 대책을 생각하고 있을 때 사건을 알아보기 위해 나갔던 준코가 돌아왔다.

"대좌님, 저들은 저희들과 전혀 상관이 없는 야쿠자들로,

지옥카이 소속이라고 합니다."

"야쿠자? 그들이 무엇 때문에 한국에서 테러를 한단 말인가?"

요시오는 뉴스에 나온 일본인 테러범들의 정체가 야쿠자라는 말에 어이가 없었다.

자신도 지옥카이에 대해선 들어 본 적이 있었다.

아니, 몇 번 그들과 거래를 한 적이 있기도 했다.

국내 최대 조직이었던 야마구지구미를 꺾고 일본 최대 조직으로 올라선 지옥카이는 이미 기업화된 야마구지구미와는 성향이 전적으로 달랐다.

이미 타성에 젖은 야마구지구미와 다르게 적을 향해선 자폭도 불사하는 자들이었다.

조직을 위해선 목숨도 하찮게 여기는 그들의 모습에서 요시오는 2차 대전 중 조국을 위해 적선에 온몸을 불사른 가미가제(神風)의 무사혼(武士魂)을 보았다.

"그들이 무슨 이유로 그랬다는 것이지?"

자신이 생각하기에 지옥카이의 회장이 멍청하지 않다고 생각했는데, 무슨 이유로 이런 황당한 일을 벌인 것인지 물었다.

그런데 준코에게서 들려온 대답은 의외의 것이었다.

"아무래도 한국군이 뭔가 속이는 것이 있는 것 같습니다."

"한국군이 뭔가 속이고 있다? 그게 뭐지?"

붙잡힌 야쿠자들이 무엇 때문에 독가스 테러를 모의했는지 물어보던 요시오에게 준코는 다른 말을 했다.

한국군이 발표한 것과 다르게 지옥카이에선 독가스 테러를 준비하지 않았다는 소리를 들었기 때문이다.

한국과 전쟁까지도 생각하고 작전에 들어간 일본이기에 모든 정보의 최우선 순위로 한국과 관련된 정보를 지정해 두었다.

그렇기에 한국이 발표한 붙잡힌 일본인들의 정체에 관한 정보를 금방 받아 볼 수 있었다.

붙잡힌 이들이 테러범이 아닌 야쿠자들이며, 그들이 무엇 때문에 한국에 들어가게 되었는지 들은 준코는 한국이 무언가 숨기기 위해 단순한 야쿠자를 테러범으로 만들었다고 생각했다.

하지만 그런 준코와 다르게 요시오는 준코가 가져온 정보를 분석하면서 한국군이 숨긴 것이 무엇인지 금방 알 수 있었다.

준코는 그저 일본에 정보만 듣고 온 것이 아니라 자세한 내막이 적인 서류를 들고 와 요시오에게 그것을 넘겼다.

서류를 읽어 본 요시오는 한국의 국방부 장관이 나와 발표를 한 내용과 서류에 나온 내용과 어떤 것이 다른지 알 수 있었다.

"소위, 흥분을 가라앉히고 여길 자세히 봐라!"

요시오는 자신의 부관인 준코가 무엇을 놓친 것인지 알려 주었다.

"야쿠자들이 돌연변이들을 이용한 것을 한국은 발표하지 않았다."

"아!"

"아마도 돌연변이들을 알렸다가는 혼란이 일어날 것을 우려해 누락을 시킨 대신, 경각심을 심어 주기 위해 야쿠자를 테러범으로 둔갑시킨 것으로 보인다."

"그런 것이군요."

요시오의 분석을 들은 준코는 고개를 끄덕였다.

그제야 야쿠자들에 불과한 이들을 한국군이 테러범으로 만든 이유와 군이 나섰던 이유를 알게 되었다.

물론 이유를 알게 되었다고 하여 자신들이 벌이려는 일이 쉬워진 것은 아니었다.

"아무래도 작전을 앞당겨야 할 것 같다."

"앞당긴다니요?"

"이번 발표로 아무래도 경계가 심해질 것이 분명하다. 그러니 더 경계가 강화되기 전에 일을 진행하는 것이 성공 확률을 높일 것이다."

요시오는 오늘 국방부 장관의 발표가 진실이 아니라고 하지만 어찌 되었든 자신들의 하려는 일에 걸림돌이 될 것이 분명했다.

그렇기 전에 자신들의 계획을 당겨 잔행을 하는 것이 성공 확률이 높을뿐더러 양국의 관계가 더욱 악화될 것이 분명하기 때문이다.

한국과 일본의 관계가 악화되어 전쟁이 발발한다고 해도 한국은 절대로 전력을 일본에 사용할 수 없다.

한국의 뒤에는 북한이란 불량국가가 있기 때문에, 빈틈을 보였다가는 북한이 어떻게 나올지 모른다.

하지만 자신들은 그렇지 않았다.

외부에 알려지진 않았지만 본토의 방사능 오염도는 심각한 수준에 이르렀다.

뿐만 아니라 먹을거리도 이제는 안심하고 먹을 수 없을 정도가 되었다.

그 때문에 일본정부는 안전한 땅을 원하고 있다.

그 조건에 맞는 곳이 바로 한국인데, 한국은 아직 자신들의 의도를 모르고 있기에 양국의 관계가 악화되어도 통상적인 수준에서 대응을 할 것이다.

자신들의 테러로 인해 정신을 차리지 못하는 이때 본국은 지금까지 그랬던 것처럼 강제 점령한 다케시마를 점령하고,

아직 어수선한 한국을 정벌할 계획이다.

'너희가 무엇 때문에 그런 꼼수를 부렸는지 짐작한다. 하지만 오히려 그것이 너희에게는 악재가 될 것이다.'

요시오는 창밖을 보며 자신의 심기를 불편하게 만든 한국 국방부 장관의 담화문을 생각하며 그렇게 뇌까렸다.

◈　　◈　　◈

닌자들의 대장인 요시오가 처음 계획과 다르게 조기에 계획한 테러를 저지르려고 하고 있을 때 그와 다르게 일본은 난리가 났다.

한국에서 날아온 일본인에 의한 독가스 테러 미수 사건이 전해지면서 일본인들은 두 편으로 갈려 싸움을 하기에 이르렀다.

우익을 편드는 자들은 한국에서 날아온 소식이 거짓이며 조작된 것이라 떠들고, 그와 반대로 일부 지식인들은 그동안 정치인들과 우익단체들이 떠드는 애국이라는 미명의 과격 폭력적인 행태가 동맹국에 테러 행위에 이르렀다는 주장을 하며 우익과 정치인들을 규탄했다.

이렇게 상반된 주장을 하는 두 곳이 만나니 결국 무력 충돌이 벌어졌다.

물론 먼저 폭력을 쓴 것은 우익을 옹호하는 집단이었다.

언제나 논리가 부족한 그들은 자신들의 주장이 먹히지 않으면 폭력을 일삼았다.

그렇지만 그들의 폭력을 단속해야 할 일본 경찰은 오히려 폭력적인 우익옹호 단체보단 그들을 규탄하는 지식인들을 단속했다.

이렇게 일본 각지에서 우익과 그들을 반대하는 단체들의 충돌이 끊이지 않자 일본 정부에서는 계엄령을 발동했다.

하지만 이런 것이 일본 정부의 계획이란 것을 알고 있는 이들은 아무도 없었다.

TV화면으로 한참 시위대들이 시위를 벌이다 헌병대에 붙잡히는 모습을 지켜보던 이토 총리는 시선을 돌려 자리에 있는 장관들을 보았다.

"우리의 의도대로 흐르고 있군!"

"그렇습니다."

"친한파 인사들은 모두 잡아들였나?"

이토 총리는 처음 한반도 점령 계획을 수립하면서 한국을 옹호하는 인사들에 대한 구속에 대한 계획도 함께 수립했었다.

우익의 대표인 이토 총리에 의해 친한파로 분류된 인사들은 한때 일본의 총리를 지낸 무라야마 총리가 있으며, 그의 담화를 계승하겠다고 선언한 93대 일본 총리인 하토야마 유키오 역시 이토 총리에게는 척결해야 할 배신자였다.

"국민의 시선이 있기에 현재 가택연금으로 하고 있습니다."

"음, 조금 더 일을 키워야겠군!"

요시히데 관방장관의 대답에 이토는 답변이 썩 마음에 들지 않는지 말을 했다.

현재 일본은 계엄령 상태인데도 국민들이 나와 시위를 하고 있었다.

물론 시위를 하는 이들은 우익을 옹호하는 우익지지 세력들이다.

하지만 그들이 시위를 벌이면 나타나지도 않던 군인들이 그들을 막는 반대 세력이 나타나면 어디에 숨어 있었던 것인지 나타나 우익을 저지하는 사람들을 잡아갔다.

그런데 지금 이토 총리는 그에 그치지 않고 조금 더 크게 벌인다는 말을 한 것이다.

하루라도 빨리 자신의 반대 세력을 척결하고 자신과 뜻을 같이하는 이들과 함께 한 목소리를 내는 이들로 내각을 구성해 앞으로 계획된 한국과의 전쟁에 임하고 싶었다.

그렇기 위해선 하토야마나 무라야마 같은 매국노들이 사라져야 한다고 생각했다.

그저 가택연금만으로는 이토 총리의 마음에 들지 않았다.

지금 이들이 있는 방에는 총리를 비롯한 많은 내각 요인들이 있지만, 이토 총리의 말에 토를 다는 장관은 없었다.

이 자리에 있는 이들은 모두 그와 같은 마음을 가지고 있는 이들만 모여 있기 때문이다.

일본을 위해서 한국이 사라져야 한다고 생각하는 자들이기에 이들도 전쟁을 반대할 우려가 있는 인사들을 먼저 정리할 필요가 있다고 생각하고 있었다.

"총리님, 이러는 것은 어떻겠습니까?"

"어떤 기발한 생각이 있나?"

"예, 이번에 한국에 잡힌 야쿠자 조직이 있지 않습니까?"

"그래, 그런데?"

문부성장관 모리오카 규베는 가만히 이토 총리의 말을 듣고 있다 야쿠자를 이용해 친한파 인사들을 테러할 것을 제의했다.

"일단 본국과 동맹국의 우의를 깨는 짓을 벌였다는 죄목으로 그들을 일단 잡아들인 뒤 그들을 이용해 매국노들을 척결하는 것입니다."

"호! 그거 좋은 생각이군! 괜히 우리의 손에 피를 묻일 필요는 없지! 그런 일은 야쿠자들에게 아주 잘 어울리는 일이야! 그들도 조국을 위해 일할 기회를 줘야지."

이토는 자신의 반대파를 숙청하는 것에 아무런 가책을 느끼지 않으며 야쿠자를 이용해 그들을 죽이는 일에 쓰레기 같은 야쿠자도 나라를 위해 나서야 한다는 말도 되지 않는 소리를 지껄였다.

이렇게 일본의 총리관저에서 점점 전쟁을 위한 준비가 진행이 되고 있었다.

◈　　◈　　◈

넓은 회의실 그 안에 많은 사람들이 모여 이야기를 하고 있었다.

"일정을 앞당긴다."

실내에 있던 사람 중 한 명이 요시오 대좌의 말을 듣고 물었다.

"그 일 때문입니까?"

"그렇다. 아무래도 느낌이 좋지 않다. 한국의 군 정보국에서 뭔가 우리의 움직임을 포착한 것 같다."

"아니, 그게 정말입니까?"

요시오는 성환이 부산에서 잡은 야쿠자들의 일을 숨기기 위해 정보 조작을 한 것을 한국군 정보사령부에서 알아낸 것으로 생각을 했다.

그런데 웃기게도 요시오 대좌가 이런 판단을 하게 된 계기가 당시 국군 화학부대를 움직인 이가 바로 최세창 대령이었기 때문이다.

한국의 혼란을 조장하기 위해 파견된 내각정보국 요원과 닌자들의 우두머리인 요시오이기에 내각정보국과 내각조사실에서 알아낸 정보를 실시간으로 받아 보고 있었다.

그렇기에 이번 일에 국군 정보사령부의 대령이 연루되어 있다는 것을 알자 그렇게 판단을 내린 것이다.

"우리들과 별개로 야쿠자들이 돌연변이들을 움직였다고 한다."

일반 요원들의 대표인 사이고는 이번 작전의 총책임자인 요시오의 대답을 듣고도 다시 자신들이 무엇 때문에 안전한 퇴각 루트를 만들지 못한 상태에서 그런 일을 해야 하는지 이해를 하지 못하고 다시 물었다.

"헉! 그런 더러운 놈들을 사용했다는 말입니까? 역시 야쿠자군요. 그런데 그것과 저희들이 무슨 연관이 있기에 작전을 앞당긴다는 말입니까?"

사이고는 듣는 것만으로도 몸에 벌레가 기어가는 듯한 느낌을 받는 부라쿠들을 야쿠자들이 동원한 것에 경악을 하면서도 그 일과 자신들의 일이 무슨 상관인지 이해할 수가 없었다.

더욱이 조금 전부터 한국이 뭔가 눈치를 챈 것 같다는 말을 하는데, 도저히 그 말을 믿을 수 없었다.

한국의 정보전 능력은 형편이 없다고 알려졌다.

국내 정보야 자국 내이니 어떤지 모르겠지만, 해외 정보전 능력은 그들이 반세기 넘게 대립하고 있는 북한보다 못하다고 알려졌다.

그런 한국이 자신들의 일을 알고 대비를 하고 있다는 요시오 대좌의 말을 그대로 받아들일 수가 없었다.

닌자들이야 개인 능력이 뛰어나 작전을 펼치고도 현장을 빠져나갈 수도 있겠지만, 자신과 같은 평범한 요원들은 철저한 준비가 없이는 빠져나올 수가 없었다.

사이고가 한국에 와서 가장 놀란 것은 바로 한국의 의외로 방범 시스템이 잘되어 있다는 것이다.

거리 곳곳에 설치되어 있는 CCTV나, 자가용은 물론이고, 영업용 차량에도 블랙박스가 설치되어 있어 쉽게 빠져나가기가 어렵다고 느꼈다.

그 때문에 처음 계획보다 요원들의 안전을 위해 작전 실행 시간을 늦췄다.

요원들의 안전을 위해 주변에 있는 CCTV나 차량용 블랙박스를 무용지물로 만들어야 하기 때문에 본국에서 전파방해 발생 장치를 공수해 와야 했기 때문이다.

그런데 대대적인 작전을 하는 것이다 보니 내각조사실이나 정보국이 보유하고 있는 휴대용 전파방해 장치의 보유 수량이 요원들이 필요한 수에 한참 모자랐다.

그것을 갖추기 위해 특별예산을 신청하고 관련기기 생산업체에 주문을 해 물품을 수령하기까지 시간이 걸렸다.

조금만 더 기다리면 주문한 물건이 도착할 것인데, 느닷없이 계획을 앞당긴다는 말에 사이고가 반발하는 것이다.

"닥쳐! 아직도 사태 파악이 안 되나, 사이고 과장?!"

자신의 계획에 토를 달며 질질 끄는 사이고 과장의 모습에 요시오가 폭발하고 말았다.

요시오도 사이고 과장이 능력이 있는 우수한 요원이란 것은 잘 알고 있다.

하지만 흐름을 읽는 능력이 떨어지는 것도 잘 알고 있었다.

현재 자신이 판단하기에 시간이 지나면 지날수록 자신들을 찾기 위해 한국은 민, 관, 군, 할 것 없이 모두 나설 것이 분명했다.

일본인들도 그렇지만, 한국인들은 자신들의 안전에 관해 무척이나 신경을 쓴다.

타인의 생명에는 그렇게 무관심하지만, 일단 자신의 생명에 위협이 된다고 생각되면 과민반응을 보인다.

물론 그것이 금방 달아올랐다가 언제 그랬냐는 듯 금방 사그라지긴 하지만 말이다.

아무튼 시간이 흐를수록 자신들을 찾는 한국의 정보요원이나 군의 압박이 심해질 것이다.

특히나 자신이 알기로 은거한 기인이사들이 많다고 했다.

자신을 가르쳤던 닌자대의 교관은 한때 날리던 일급 닌자였다.

하지만 그도 한국에 작전을 나갔다 낭패를 보고 돌아온 전적이 있었다.

물론 작전은 성공하였다.

당시 그가 맡았던 임무는 삼전전자 비밀 연구소에 저장되어 있는 자료들을 빼내 오는 일이었다.

아무도 모르게 자료를 빼내 빠져나온 그는 자료를 대사관에 넘기고 남은 기간을 한국 관광을 하려고 했다.

하지만 그의 계획은 수포로 돌아갔다.

자신들의 연구 자료를 도난당한 사실을 알게 된 삼전전자의 추적에 걸린 것이다.

삼전전자의 의뢰를 받은 한국의 무인들에 의해 교관은 접전을 치뤘다.

그 과정에서 빼낸 자료는 빼앗기고 말았는데, 당시 이야기를 하던 교관은 자신과 함께 교육을 받는 예비 닌자들에게 한국에 들어가게 되면 조심하라는 주의를 줬었다.

물론 그의 말을 듣고 긴장을 하는 닌자들은 아무도 없었다.

예비 닌자이긴 하지만 자신들이 익히는 닌자술법의 뛰어남을 잘 알고 있기 때문이다.

하지만 요시오는 당시는 다른 닌자들과 같은 마음이었지만 뉴스를 본 뒤 갑자기 교관이 당시 들려주었던 이야기가 생각났다.

지금도 요시오의 기분은 결코 좋지 못했다.

뭔가 자꾸만 밑으로 잡아끄는 느낌이 들어 뒷목이 서늘한 느낌이 들었기 때문이다.

'왠지 느낌이 좋지 않아!'

다른 사람들에게 큰소리를 치며 윽박지르고 있지만, 요시오는 정말이지 느낌이 좋지 않았다.

아니, 이 좋지 못한 기분은 뭔가 자신에게 알려 주고자 하는 것 같았다.

자신이 쉽게 생각하고 넘어온 이 땅에서 살아서 돌아가지 못할 것이란 예감을 말이다.

일본인의 독가스 테러 모의란 전대미문의 사건을 맞은 한국사회는 여기저기서 벌어지는 시위로 몸서리를 쳤다.

시청 앞 시민광장은 물론이고, 일본 대사관 앞, 그리고 일본 대사의 관저가 있는 성북동에 시위대가 몰려 경찰 병력이 출동하는 소동이 벌어졌다.

사실 대한민국 국민들은 한국은 테러에 안전한 청정지역이라 생각하고 있었다.

그래서 위험지역으로 해외여행만 가지 않는다면 절대로 테러를 당할 위험이 없다는 생각을 가졌었다.

하지만 부산 영도에서 발각된 테러 모의는 이런 한국 사람들의 생각에 경종을 울리게 만들었다.

그것이 누군가의 조작에 의해서건 아니건 간에 상관이 없었다.

일본에서는 절대로 그런 시도를 한 적이 없으며 그건 음모라며 발뺌을 했지만, 국방부 장관의 발표가 있고 난 뒤 성급한 기자들이 현장 사진을 찍어 올리는 바람에 그 목소리는 힘을 잃었다.

그 뒤로 이렇게 연일 시위가 벌어지고 있었다.

뿐만 아니라 국회에서도 언제나 여야로 나눠 싸움만 하던 것을 잊고 일본에 대하여 성토를 하였다.

더욱이 테러를 모의했던 이들이 야쿠자란 사실이 언론에

공개되면서 더욱 그러했다.

야쿠자들의 테러 모의는 구한말 일본 야인들의 명성황후 시해 사건이 재조명되면서 사람들의 관심을 끌어 모았다.

그리고 대한민국도 테러에 안전하지 못하단 인식이 사람들 머릿속에 들어섰다.

이것이 좋은 일인지 아니면 나쁜 일인지는 모르겠지만 주변에 관심을 가지며 신고하는 건수가 늘어났다.

"여보세요. 여기 수서KTX역사 근처인데요. 수상한 사람이 서성입니다."

KTX역사가 보이는 도로 건너편 편의점에서 아르바이트를 하는 창원은 요 며칠 이 시간만 되면 역사 주변을 서성이는 정장의 사내들을 지켜보다 수상해 신고를 했다.

그들은 언제나 같은 시간 같은 장소에 나타나는데, 처음에는 그저 직장인으로 생각을 했었다.

하지만 그들이 나타났다 사라지는 시각이 직장인들이 퇴근하는 시각이 아니란 것에 의아해 했지만 그러려니 했었다.

그런데 그들이 수상하다 느낀 것은 참으로 우연한 기회에 그들의 대화를 엿들은 뒤였다.

화장실을 가기 위해 편의점 문을 잠그고 화장실을 가기 위해 길 건너 역사 안에 있는 화장실을 이용하기 위해 그들의 곁을 지나갔다.

창원이 수서역 내에 있는 화장실을 이용하는 것은 편의점이 있는 건물이 너무도 낡아 화장실이 너무도 지저분해 약간의 결벽증이 있는 창원은 그곳을 이용하지 않고 깨끗한 역사 화장실을 이용했었다.

그렇게 오늘도 화장실을 가기위해 역사로 향하다 우연히 그들의 대화를 엿듣게 되었다.

"사카모토 상! 지금까지 지켜본 결과 금요일 20시가 가장 번잡합니다."

"요시! 그럼 2일 뒤 금요일 20시에 맞춘다."

일본어를 전문적으로 배운 것은 아니지만, 일본 애니메이션을 좋아하는 창원은 어렵지 않게 그들의 대화를 알아들을 수 있었다.

그저 직장인이라 생각했는데, 그들의 대화가 너무도 이상했다.

무엇 때문에 수서역을 이용하는 사람들의 유동 인구를 조사한단 말인가?

그리고 그 뒤에 상급자로 보이는 남자의 모레 밤 8시에 뭘 맞춘다는 건지 너무도 수상했다.

창원은 화장실에서 볼일을 본 뒤 잠시 고민을 하다 경찰에 그들의 행적을 신고했다.

이 선택으로 창원은 경찰로부터 용감한 시민상은 물론이

고, 막대한 보상금을 받게 되었다.

가정 형편이 어려워 학자금 대출을 받아 대학을 다니고 생활비를 벌기 위해 평소에는 이렇게 편의점에서 아르바이트를 하며 생활을 했는데, 한순간에 형편이 펴게 되었다.

각계각층에서 전달하는 후원금이 상당했기 때문이다.

7.

불타는 대한민국

대한민국에 엄청난 소요가 일기 시작했다.

국방부 장관이 부산에서 있었던 군대의 통제가 테러를 미연에 방지하기 위한 군사작전이었다는 담화를 발표한 뒤 시위가 늘어나기는 했지만, 그래도 일부 열성적인 국민들 외에는 일반 국민들은 그래도 생업에 종사를 하였다.

하지만 또 다른 테러 모의가 시민의 재보로 사전에 막을 수 있었기 때문이다.

이 소식이 전해지자 대한민국은 물론이고, 이런 뉴스를 접한 전 세계에서 일본을 규탄하는 시위가 벌어지기 시작했다.

그렇지만 일본은 이번 테러 미수 사건에 대하여 공식적인 발표를 하지 않았다.

다만 우익단체들이 집단으로 이번 사건이 한국의 자작극이라 떠들어 댔다.

하지만 그런 일본 우익의 말에도 부산에 이은 두 번째 사건이기에 문제는 심각했다.

더욱이 이번에 붙잡힌 일본인들의 숙소에는 독가스는 아니지만, 인화성 물질이 대거 나왔기 때문에 일본 우익단체의 주장은 사람들에게 공감을 주지 못했다.

서양인들이야 동양인들의 외모를 구분하기 힘들어 하지만 아시아인들은 그렇지 않다.

한국, 중국, 일본인들의 생김새가 전혀 다르기 때문이다.

대체로 비대하며 둥글한 중국인이나, 마르고 다른 아시아인들에 비해 머리가 큰 한국인들과 다르게 일본인들은 왜소하고 조금은 차가운 인상을 풍기고 있다.

이런 일본인들의 특징을 알고 있는 아시아인들은 한국에서 전해진 뉴스에 나오는 테러범들의 모습에서 2차 대전 당시 자신들을 괴롭혔던 일본인의 모습을 확실히 발견했다.

그러니 한국에서 전해진 소식은 믿을지언정 일본 우익의 말은 믿지 않았다.

그런 생각을 가지고 있는 사람들이 자신의 블로그를 이용해 자신의 생각을 피력하자 일본이나 아시아 국가에 관심을 가지지 않던 많은 서양인들이 일본과 아시아 국가들의 관계를 알게 되면서 관심을 가지기 시작했다.

그리고 아직까지 일본인들이 과거의 잘못을 반성하지 않고, 아직도 과거 자신들이 저질렀던 만행을 정당화하려는 모습에 경악을 했다.

그 때문인지 일본에 호감을 가졌던 서양인들 중에는 큰 충격을 받아 정신과 치료를 받았다고 말하는 인물들까지 나왔다.

아무튼 지구에 살고 있는 사람들 중 현대 문명을 접하지 못하는 사람을 빼고 뉴스나 인터넷을 접할 수 있는 사람들은 이번 테러 모의 소식에 놀라면서 점점 불안정해지는 동북아시아의 정세에 우려를 나타냈다.

물론 여론은 테러를 모의한 일본인들에 대한 규탄을 하면서 말이다.

아무튼 세계의 여론이 이렇게 나타날 때, 한국은 새로운 국면에 접어들었다.

그것은 국민이 나서서 정부에 계엄령을 내릴 것을 청원한 것이다.

두 번에 걸친 테러기도 소식은 비록 사전에 발각이 되어 미연에 방지를 했지만, 국민들의 불안감을 해소해 주진 못했다.

또 다른 어느 곳에서 그런 일이 벌어지고 있는지 알 수 없었기 때문이다.

더욱이 두 번 모두 대도시 사람들이 많이 모이는 장소를 타깃으로 삼았다는 것을 알게 되자 국민들이 불안에 떨며 모임이나 사람들이 많이 모이는 곳에 가기를 꺼려 했다.

언제 자신이 테러의 피해자가 될지 모른다는 불안감 때문이다.

이 때문에 대한민국의 경제는 심각한 위기에 처하게 되었다.

자신과 가족의 안전이 확보되지 않으니 당연 사회 활동이나 경제 활동이 낮아지게 되고 최소한의 경제 활동만 하다 보니 경기가 위축되었다.

일본인들이 계획한 것은 아니지만, 정말로 우연히 그들의 목적대로 한국의 경제가 위축이 되었다.

하지만 그것이 일본의 경기부양으로 이루어지진 않았다.

그것은 테러범들의 정체가 일본인으로 밝혀졌기 때문이다.

물론 첫 번째 테러범들은 성환이 조작한 것이다. 하나 진실을 아는 사람은 그것을 밝힐 수가 없었다.

그런데 소 뒷걸음질에 쥐 잡는다고, 비록 조작된 일이지만, 그 일이 있은 후, 일본인들에 의해 정말로 테러 모의가 발각이 되었으니 군에서도 이 일을 심각하게 받아들이고 있었다.

이 때문에 시민단체들이 정부에 계엄령을 실시하자고 건의가 들어왔을 때 심각하게 고민을 하게 되었다.

❖   ❖   ❖

"성환아, 이거 어떻게 된 일이냐?"

최세창은 수서역 인근에서 테러를 모의하던 일본인들이 시민의 신고로 붙잡혔다는 뉴스를 듣고 성환을 찾아왔다.

설마 성환이 이런 정보를 알고 일부러 경각심을 심어 주기 위해 그런 것인지 물어본 것이다.

하지만 성환도 설마 일이 이렇게 될 줄은 그도 몰랐다.

"나도 지금 어이가 없다."

"정말 몰랐던 거냐?"

"내가 아무리 많은 정보를 듣고 있다고 하지만 이번 일은 정말로 몰랐다. 알고 있었다면 내가 그냥 두었겠냐? 우리가 하려는 일이 이런 일을 막기 위해 부정한 것들을 청소하기 위해 준비를 하는 것인데."

세창의 의심하는 듯한 말에 성환은 정색을 하며 대답을 했다.

정말로 자신이 그의 제안을 받아 프로젝트를 진행하는 목

적이 바로 조국인 대한민국이 세계에 우뚝 서길 바라기 때문
이다.

지금처럼 주변의 눈치를 보며 주변국들의 봉 노릇이나 하
고, 또 자국민이 외국에 나가 피해를 입어도 아무런 항의를
하지 않는 그런 나라가 아니라 말이다.

그러기 위해선 윗물이 맑아야 한다.

그런 생각이 통했기에 처음 최세창 대령이 자신에게 제안
을 했을 때 흔쾌히 수락을 한 것이다.

그렇지 않고 자신의 복수만을 위한 것이었다면 굳이 그의
제안을 받아들일 필요가 없었다.

복수는 자신의 능력만으로도 충분히 가능한 일이기 때문이
다.

막말로 원수들을 찾아가 죽였어도 아무도 그들의 죽음이
타살인지 모른다.

비록 세창에게 모든 것을 알려 주고 있지는 않지만, 그렇
다고 속이는 것은 없었다.

지금도 많은 부분 세창을 위해 자신이 할 수 있는 것들을
지원해 주고 있지 않은가?

그 예로 중국에서 입수한 미국의 최신형 아머슈트의 설계
도나 그것을 기반으로 재설계한 한국형 아머슈트의 테스트까
지 말이다.

"호! 그럼 이번에 걸린 놈들은 의도치 않게 우연히 발각된 것이란 말이지?"

세창은 성환의 대답을 듣고 어이없다는 미소를 지으며 혼 잣말을 했다.

그가 생각해도 참으로 어이없는 일이었다.

"참! 그런데 넌 어떻게 생각하냐?"

"뭘 말이냐?"

세창의 느닷없는 질문에 성환은 그가 무엇을 물어보는 것 인지 몰라 다시 물었다.

그런 성환의 질문에 세창은 신문을 들어 보이며 말했다.

"이것 말이다."

세창이 보여 주는 것에는 요즘 한참 떠들고 있는 시민단체 의 계엄령 청원에 관한 사설이었다.

일부에서는 그것이 과거 군사정권으로 가는 길이라며 핏대 를 세우며 반대를 하고 있지만, 대다수의 국민들은 이 문제 에 관해선 모두 찬성하는 분위기였다.

거리에선 청원에 찬성한다는 서명 운동이 벌어지고 있었는 데, 그것이 많은 호응을 받고 있다는 기사도 함께했다.

이런 것을 본 성환은 잠시 눈을 감으며 생각에 잠겼다.

'비록 다음 일을 위해 조작하긴 했지만, 정말로 일본인들 이 테러를 준비하고 있었을 줄은 몰랐다. 그런데…… 그들뿐

일까?'

성환은 두 번째로 잡혔던 일본인들에게서 자신들끼리 모의
를 했다는 자백을 받았다.

한국이 일본 땅인 독도를 불법점거하고 있지도 않았던 위
안부가 정부가 군이 주도해서 벌어진 일이라 억지를 부리기
에, 한국에 복수를 하기 위해 그런 일을 벌였다고 진술했다.

하지만 그들의 말은 모두 거짓이란 것이 들통이 났다.

그들의 거짓 자백이 들통 난 것은 아이러니하게도 과거 일
본순사들에게 배웠던 고문 기술이 알음알음 경찰 내부에 전
해져 왔던 것이 남아 있었기 때문이다.

일부 테러를 기도했던 일본인을 취조하던 조사관 중에 조
상이 일본 순사에게 고문을 받아 돌아간 분이 있던 경찰 조
사관이 자신의 조상이 당했던 그대로 그들을 취조했기 때문
이다.

물론 정상적인 상황이었다면 그런 시도가 사전에 발각되어
조사관이 오히려 감옥에 갔을 것이지만 시기가 좋지 못했다.

이전에 일본인들로 이루어진 테러 단체가 구속이 되었다.

그런데 이번에는 실행 직전까지 가지 않았는가?

만약 사전에 잡지 못했다면 대참사가 벌어질 뻔했다.

그 때문에 그 조사관의 고문을 알면서도 외면했다.

혹시나 그들의 또 다른 동료가 있을지도 모르기 때문이다.

그리고 테러범 중 하나가 고문에 견디지 못하고 자백을 한 것이다.

자신들은 정부 산하 요원이고, 한국에 혼란을 주기 위해 파견되었다는 것이다.

이런 사실을 듣고 경찰은 비상 경계령이 떨어졌다.

물론 이런 보고는 아직 청와대까지 가지 않았기에 군대에 계엄령이 떨어지지 않았다.

만약 청와대에 이런 소식이 전해진다면 분명 공식적인 발표가 있을 것이고 다음 수순으로 남은 테러범들을 찾기 위한 대대적인 수색이 펼쳐질 것이다.

성환은 한참을 생각하다 세창에게 대답을 했다.

"내 생각에는 당분간이라도 필요하다고 생각한다. 아무래도 이번에 붙잡힌 놈들 외에도 테러를 모의한 놈들이 더 있을 것으로 생각된다."

성환은 자신이 생각한 것을 차분히 세창에게 설명을 했다.

그리고 그런 성환의 설명에 세창도 고개를 끄덕였다.

그의 말이 일리가 있기 때문이다.

"네 말이 맞는 것 같다. 다행히 없으면 상관이 없지만 만약 다른 테러범들이 사고를 친다면 큰 참사가 벌어질 것이다."

"맞아! 그러니 청와대의 지시를 기다릴 것이 아니라 군에서 먼저 상신을 하는 것이 좋겠다. 국민들이 먼저 청원을 하는 것이고 명분도 있으니."

군이 사회에 나오는 것은 좋지 못하지만, 이번에는 예외적인 일이다.

테러는 경찰력만으로 막을 수 있는 것이 아니란 생각이다.

국민의 생명과 관련된 문제이니 이번에는 모두가 하나가 되어 조금의 불편을 감수하고 철저히 조사를 해야 한다.

"만약 내 힘이 필요하면 언제든 연락해라! 준비하고 있을 테니."

"그래, 말이라도 고맙다."

세창은 성환이 자신의 힘이 필요하면 부르라는 말에 고맙다는 말을 했다.

하지만 성환은 괜히 그런 말을 하는 것이 아니었다.

중국에서 본 일본의 특수부대는 결코 쉽게 볼 존재가 아니었다.

비록 자신에 비하면 태양과 반딧불의 차이지만, 일반 경찰이나 군이 잡을 수 있는 이들이 아니었다.

약물로 강화된 CIA의 특작대를 상대로 비록 숫자의 우위로 밀리지 않았다고 하지만 그래도 대단한 존재들이었다.

굳이 비교를 하자만 KSS경호의 특임대에 비견되는 실력자들이었다.

"괜히 하는 말이 아니다. 중국에서 내가 아머슈트의 설계도를 입수할 때 일본의 특수부대를 봤는데, 결코 쉬운 상대가 아니다."

성환의 말에 세창은 긴장을 하기 시작했다.

자신이 아는 성환은 결코 빈말을 하는 성격이 아니다.

모든 것을 생각하고 판단을 내리고 신중하게 말을 하는 타입임을 잘 알고 있는 세창은 조금 전까지 일본인들을 조금은 쉽게 생각하던 것을 고쳐 생각하게 되었다.

◈　　◈　　◈

"차장님!"

국정원 직원인 백원은 급하게 자신의 상급자인 1차장을 부르며 1차장실로 뛰어들었다.

"무슨 일인데 그렇게 호들갑이야?!"

"하아, 하아!"

업무를 보고 있는데, 숨을 몰아쉬며 헉헉거리는 백원의 모습에 답답하다는 듯 쳐다보며 말했다.

그런 상관의 모습에 백원은 급히 뛰어온 것 때문에 숨이 너무 거칠어 대답을 할 수 없었다.

그래서 일단 숨을 고르고 대답을 해야겠다는 생각에 잠시 심호흡을 했다.

비록 자신이 들은 정보가 무척이나 급한 것이지만 급할수록 돌아가라는 말이 있지 않은가?

"휴우, 스읍, 휴……!"

백원이 숨을 고르는 것을 보던 국정원 1차장인 삼식은 하던 일을 멈추고 물었다.

"무슨 일인데 그렇게 급하게 뛰어온 거야?"

삼식의 물음에 백원이 대답을 했다.

"큰일 났습니다."

"큰일이라니?"

"그러니까……."

백원은 평상시처럼 업무를 보기 위해 밤사이 외국에 파견나간 요원들에게서 올라온 보고서를 분류하기 시작했다.

그런데 슬렁슬렁 넘기던 보고서 사이에 일본에서 날아든 한 장의 전문을 보게 되었다.

보고서 상단에 '1급 보안'이라는 인장이 찍힌 전문이 한 장 껴 있었다.

국정원 규정상 1급에 해당하는 전문은 이런 일반적인 회선으로 보고되지 않는다.

그런 기본을 무시하고 1급 보안 등급의 서류를 보냈다는 것은 보고서를 작성한 요원에게 뭔가 문제가 생겼거나, 아니면 시간이 촉박하고 중요한 보고라, 암호화할 시간이 부족한 아주 중요한 정보일 것이다.

그런 것을 알기에 백원은 일단 그 전문의 내용을 확인할 필요가 있었다.

대외 정보를 담당하는 국정원 1차장 밑에 있는 과장 중 한 명이기에 보안 등급 상 권한이 있었기에 1급 보안 등급이 찍힌 전문을 읽었다.

그런데 백원은 전문의 내용을 확인하고 다른 생각도 하지 못하고 급하게 1차장을 찾았다.

도저히 자신 혼자서 감당하지 못한 내용이 적혀 있었기 때문이다.

그 전문의 내용은…….

[작성자: K—07—1101 일본정부에서 극비작전을 하기 위해 한국으로 대규모 요원 파견, 내각조사실 요원 외 정보국 요원, 그리고 정보국 산하 특수부대원이 파견되었다는 정보 획득. 그들의 임무는 대한민국의 내부 혼란을 위한 파괴 공작으로 짐작됨. ……임무 성공 시 추가 조치로 일본 해상자위대 세 함대를 이용한 독도 탈취……. 주의사항 : 내각정보국 특수부대는 상당한 실력자들로 이루어진 특수 조직이라고 함.]

전문을 보낸 사람은 일반 요원도 아닌 일본지부의 총 책임자였다.

직급만 보면 자신과 동급에 해당하는 사람이었다.

그런 지부장이 암호문으로 보낸 것이 아니라 일반 전문에 섞어 보냈다는 것은 그만큼 급하고 내용 확인이 된 전문이란 소리다.

즉, 그 말은 정말로 일본정부가 한국에 비밀 부대를 이용해 테러 행위를 하기 위해 작전에 들어갔다는 소리다.

그제야 요. 근래 일본인으로 이루어진 테러범들이 이해가 갔다.

사실 백원은 뉴스를 믿지 않았다.

일본인들로 이루어진 테러범을 잡았다는 뉴스 때문에 사회가 무척이나 혼란스럽지만, 이것도 정치인들이 뭔가 이슈를 만들어 내기 위해 조작을 한 것이라고 생각했다.

그런 생각을 한 이유는 일본과 한국이 동맹이란 그런 생각을 한 것이 아니라 대한민국 안에서 정보에 관해서 자신들 국정원의 눈을 피해 갈 조직이 없다는 자신감 때문에 그런 것이다.

아무리 대단한 단체가 존재해도 대한민국 안에서는 국정원을 눈을 피할 수 없다.

그런데 국정원이 모르는 상태에서 겨우 군사작전에 필요한 정보를 취급하는 국군 정보사령부에서 자신들 모르게 그런 정보를 취득했다는 것은 말이 되지 않는다.

그래서 백원은 처음 기자들이 그랬던 것처럼 군에서 뭔가 자신들 모르게 비밀실험을 하고 있는 것은 아닌가, 그리고 그것을 은폐하기 위해 정보를 조작했다는 쪽으로 생각했다.

그리고 그건 자신뿐 아니라 국정원 내 정보를 다루는 간부들이 그렇게 생각하고 있다.

그런데 지금 일본에서 날아든 전문은 자신들이 생각했던 것이 틀리고 정말로 국방부에서 발표한 내용이 사실이라는 것을 증명하고 있었다.

백원은 급하게 전문을 들고 자신의 상관인 1차장 문삼식을 찾아가 전문을 보여 주었다.

"이것 좀 보십시오."

"뭐야?"

삼식은 백원이 전해 주는 전문을 천천히 읽어 보다 낯빛이 창백해지기 시작했다.

"이게 사실이야?!"

백원이 넘겨주는 전문을 읽던 삼식은 도저히 전문 내용이 사실이라고 믿고 기지 않았다.

어떻게 동맹인 나라에 정보요원들을 보내 테러를 저지르려고 기도할 수 있는지 믿을 수가 없었다.

"차장님! 그동안 저희가 생각한 것이 틀린 듯합니다."

"음."

"우린 국방부 발표를 보고 그들이 비밀실험을 한 것을 은폐하기 위해 그런 발표를 했다고 생각했는데, 이것을 보면 그게 아니라는 말을 하고 있습니다. 일본이……."

백원은 말을 하다 말고 끓어오르는 화를 참기 위해 숨을 한 번 더 가다듬었다.

그런 백원의 모습을 보던 삼식은 심각한 표정으로 자리에서 일어났다.

"난, 원장님께 보고를 하러 갈 것이니 자넨 일본 신지원 부장에게 연락을 해 봐!"

삼식의 말을 들은 백원은 그제야 일본에 있는 신지원이 생각났다.

일본 지부장인 신지원은 바로 자신의 동기로 자신이 국내 과장 자리에 앉자 일본 지부로 지원해 간 동기였다.

비록 그와 사이가 좋은 관계는 아니지만, 그렇다고 외국에 나가 조국을 위해 목숨을 걸고 첩보 활동을 하는 그가 현재 위기에 처했을지도 모르는 상태이기에 걱정이 되었다.

"알겠습니다. 그런데 이번 정보가 올라온 루트가 비정상적인 것을 보면 아무래도 지부에 변고가 생긴 것은 아닌지 걱정입니다."

"그럼 일단 비상 걸고 일본지부 요원들이 어떤지 알아봐!"

"알겠습니다."

삼식은 백원에게 지시를 내리고 그는 백원이 그랬던 것처럼 급하게 원장실로 향했다.

국정원 내 비상이 걸린 것은 비단 1차장만이 아니었다.

국내 대공방첩을 담당하는 2차장도 비슷한 분위기였다.

그의 정보망에 수상한 일본인들이 보인다는 것이다.

그런데 그들의 움직이니 너무도 은밀해 찾아내기가 무척이나 힘들다는 문제가 있었다.

"이런 쪽발이 새끼들이 뭐 먹을 것이 있다고 이렇게 겨 들어온 거야!"

2차장은 시시로 보고되는 수상한 일본인들을 봤다는 재보로 인해 이과의 마비가 될 정도로 재보가 급증하자 인상을 쓰며 고함을 질렀다.

이들도 뉴스를 접하고 두 차례의 테러 모의가 사전에 적발된 것을 알고 있다.

국내에 자신들도 모르게 테러가 모의되고 있었다는 것 때문에 원장에게 불려가 엄청 깨졌던 2차장은 지금 신경이 무척이나 예민해져 있었다.

원래라면 가장 먼저 일과에서 정보가 넘어와 자신들이 국내로 들어온 테러범들을 감시해 잡아내야 했는데, 그러지 못했다.

아니, 원장에게 깨지고 1차장에게 따지기 위해 갔다가 면박만 듣고 왔었다.

"신형원 넌 그 말을 믿냐? 그게 말이 된다고 생각해? 아무리 군군 정보사령부가 정보능력에 뛰어나다 해도 그건 북한의 군에 관한 정보들뿐이다. 그런데 그들이 국내에 벌어지는 테러 모의를 사전에 청취를 했다고? 난 그들이 다른 것을 숨기기 위해 정보를 조작했다고 생각한다."

당시 1차장은 자신에게 그렇게 말을 했었다.

듣고 보니 그 말이 오히려 설득력이 있었다.

군사 정보 쪽이라면 그들이 자신들보다 조금 우월할지 모르지만, 그 외적인 정보 취득에 관해선 자신들 국정원에 미치지 못한다.

그런 것을 감안하면 정말로 1차장인 문삼식의 말대로 군에서 비밀실험을 감추기 위해 정보조작을 한 것이 맞을 것이다 판단했다.

그런데 지금 들어오는 정보들을 보면 그게 아니었다.

처음 정보는 모르겠지만 두 번째 테러범들의 일은 정말로 테러를 하려고 준비했던 것이 맞았다.

그 때문인지 두 번째 사건 이후로 여기저기에서 재보가 들어오고 있었다.

물론 국정원에 직접 재보를 하는 사람도 있고, 경찰에 신고를 하는 사람도 있기는 하지만, 어찌 되었든 국내 테러 방지를 위해선 2차장이 담당을 하기에 모든 정보가 자신에게 넘어온다.

"시팔! 쪽발이 새끼들은 무슨 생각을 하고 있는 거야!"

형원은 이러다 전쟁이 나는 것은 아닌지 걱정이 되었다.

들어오는 정보를 취합하다 보면 정보가 알려 주는 내용이 있다.

그런데 지금 일본인들로 구성된 테러범들이 이렇게 대규모로 활동을 한다는 것은 웬만한 규모를 가진 단체가 아니면 힘들다.

더욱이 아무리 테러 단체라 해도 이처럼 조직적으로 많은 인원을 테러 행위를 하기 위해 파견하지 않는다.

이건 마치 전쟁을 벌이기 전 적진을 혼란에 빠뜨리기 위해 벌이는 것과 흡사했다.

이 때문에 한참을 고민하던 형원은 급히 국정원장에게 자신의 생각을 전달하기 위해 원장실로 뛰어갔다.

◆　　　◆　　　◆

"아! 왜 이렇게 안 오는 거야?"

병규는 휴대폰을 꺼내 보며 약속 시간이 다 되었는데 아직 약속 장소에 오지 않는 친구들 때문에 조금 짜증이 났다.

―뚜! 전원이 꺼져 있어…….

전화를 걸어도 친구들의 전화기에서는 전원이 꺼져 있다는 안내 음성만 들렸다.

삼총사 중 한 명이 종규도 그렇고 같이 나오겠다고 한 승용이도 전화기가 꺼져 있기는 마찬가지였다.

"아씨, 뭔 일 있나? 안 되겠다. 어머니에게 전화 한 번 해 봐야지."

벌써 약속시간이 10분이 지났는데 오지 않는 친구들 때문에 조금 짜증이 난 병규는 혹시 늦게 출발한 것이 미안해 전화기를 꺼 놓은 것은 아닌가, 하는 생각에 종규의 어머니에게 종규가 몇 시에 나간 것인지 확인하기 위해 전화를 걸었다.

"어머니, 저 병균데요. 종규 있나요?"

―에구, 병규 군대는 잘 다녀왔냐?

"예, 어머니! 오늘 제대했어요. 그런데 오늘 종규랑 승용이랑 만나기로 했는데, 약속 시간이 다 되도록 안 오네요?"

―어? 종규 아까 너 만난다고 한 시간 전에 나갔는데? 좀

있으면 도착하겠지.

"아! 그래요. 알겠습니다. 다음에 찾아뵐게요."

—그래, 그런데 제대했다고 술 너무 많이들 먹지 말고!

"예, 오늘만 마실게요. 들어가세요."

—오냐! 끊는다.

종규의 어머니와 통화를 마친 병규는 다시 승용의 어머니와 통화를 했다.

병규나 종규 그리고 승용 이들 삼총사는 어릴 때부터 한 동네에서 자란 깨복쟁이 친구들이다.

그렇기에 종규의 어머니나 승용의 어머니와도 친 어머니처럼 스스럼없이 통화를 할 수 있었다.

그런데 어머니들과 통화를 끝낸 종규는 이상한 기분이 들었다.

두 친구들 모두 자신과 약속이 있다면 약속 시간보다 한 시간이나 전에 나갔다는 것이다.

자신이 부대에서 전역 신고를 마치고 광주 고속버스 터미널에 도착하는 시간에 맞춰 마중 오기로 했는데, 약속 시간이 이미 10분이나 지나도록 도착을 하지 않는다는 이야기는 중간에 무슨 일이 발생한 것이 분명했다.

이때 너무도 믿기지 않는 소식이 전해졌다.

터미널 대합실에 설치되어 있는 대형 TV에서 속보가 전해지고 있었기 때문이다.

[긴급 속보를 알려드립니다. 광주 지하철 1호선 제0000
호가 화정역을 출발해 농성역으로 가던 도중 화재가 발생했
습니다. 이 사고는…… 목격자들의 진술에 의하면 한 남성이
두고 내린 가방에서 최초 화재가 발생…… 경찰은 이번 화재
가 단순 실화가 아닌 방화이며, 일각에서는 이 사고가 요즘
떠도는 일본인들의 테러가 아닌가 의심을 하며 모든 상황을
열어 놓은 상황에서 다각적인 조사를 하겠다고 발표했습니
다. 이 사고로…… 삼가 피해자들의 명복을 빕니다.]

TV에서 흘러나오는 뉴스를 들은 병규는 머리가 멍멍하고
뭔가에 한 대 얻어맞은 것처럼 정신을 차릴 수가 없었다.
"아니야, 아닐 거야! 종규야, 승용아!"
병규는 친구인 종규와 승용의 이름을 부르며 고속터미널을
빠져나가며 사고 현장인 농성역을 향해 뛰었다.
사고 현장까지는 두 정거장이나 떨어진 먼 거리였지만, 그
의 뇌리엔 그런 것이 들어오지 않았다.
자신의 전역을 축하해 주기 위해 오는 두 친구들의 안전이
걱정이 되어 친구들의 이름을 부르며 사고 현장으로 뛰어갔
다.

사고 현장에 가까워질수록 검은 연기가 환기구를 통해 하늘 높이 솟아오르고 있었다.

지하철역 출입구도 검은 연기로 뒤덮여 있고 주변에는 검게 그을린 피해자들이 사방에 널브러져 있었다.

"구급차는 언제 오는 거야!"

"비켜요! 비켜!"

"엄마! 엉엉! 엄마!"

현장 주변은 전쟁터가 따로 없었다.

지하철 역무원으로 보이는 사람들은 사람들을 통제하며 오지 않는 구급차를 애타게 찾고 있으며, 출동한 경찰과 소방관은 각자 자신들이 맡은 소임을 다하기 위해 출입 통제와 인명구조에 정신이 없었다.

그리고 사고 현장에서 구조가 된 아이인지, 이제 겨우 7살 정도로 보이는 여자아이가 그을음이 묻은 지저분한 얼굴을 엄마를 애타게 찾고 있었다.

그런 모습을 본 병규는 눈앞이 깜깜해졌다.

주변에는 공무원들의 고함 소리가 난무하고 또 그 속에 간간히 섞인 피해자들의 신음 소리와 누군가를 찾는 애끓는 탄식 소리가 울려 퍼지고 있었다.

그런 대열에 병규도 동참할 수밖에 없었다.

자신을 만나기 위해 출발했다는 친구들의 생사가 걱정이

된 때문이다.

자신만 아니라며 두 친구가 이곳에 올 일이 뭐 있겠는가?

병규는 두 친구들에게 무슨 일이 벌어진 것은 아닌지 걱정이 되어 미칠 지경이다.

◈　　◈　　◈

쾅!

"이 개새끼들아! 니들이 밥 먹고 도대체 하는 일이 뭐야!"

종필은 자신의 책상을 주먹으로 내려치며 소리쳤다.

그런 종필의 서슬에 삼식과 형원은 고개를 들 수가 없었다.

자신들이 하는 일이 이번 일과 같은 테러를 방지하는 일이다.

물론 국내 정보는 2차장인 형원이 담당을 한다고 하지만, 요 근래 발생한 테러 모의가 일본인들에 의한 것이란 사실이 알려지면서 해외 정보를 담당하는 1차장인 삼식도 불려 와 깨지는 중이다.

조금만 더 주의를 했더라면 막을 수 있었을지도 모르는 이번 테러를 막을 수 없었다.

안일한 생각이 가져온 불행인 것이다.

"어쩔 거야?! 입이 있으면 말을 해! 개새끼들아! 뭐? 군이 비밀실험을 은폐하기 위해 조작을 했을 것이라고? 그래, 그 결과가 이거냐!"

국정원장인 박종필은 부산에서 발생한 일본인 독극물 테러 미수와 수서역 테러 미수 사건을 접하고 내놓은 두 차장들의 보고에 그 일을 단순하게 넘어갔다.

당시에는 자신도 그것이 군에서 비밀실험을 하고 은폐한 것이라 생각했다.

종필도 다른 루트를 통해 군에서 뭔가 실험을 하고 있다는 이야기를 들었기에 혹시 그것인가, 하는 생각에 두 차장의 답변에 넘어간 것이다.

하지만 결과는 다른 것이었다.

일본인들이 테러를 조장하려던 것이 맞았다.

그것도 어느 특정 목표를 정하고 하는 것이 아니라 그들의 타깃은 사람이었다.

마치 전쟁을 준비하려고 적진을 교란하기 위해 테러를 하는 것처럼 말이다.

그리고 지금 그 의도대로 광주에서 발생한 테러로 대한민국은 무척이나 시끄러웠다.

"지금부터 국정원은 비상 체제로 돌입한다. 지금 이 시간부터 국내의 모든 업무를 중단하고 이번 일을 벌인 테러범들을 추적한다."

삼식이나 형원은 물론이고, 이들과 함께 불려 온 삼차장과, 사이버정보팀장의 표정이 결연해졌다.

특히 일본이라면 치를 떠는 사이버정보팀장인 김승수 실장의 표정이 무척이나 심각했다.

그런데 그의 사정을 알고 보면 당연한 것이다.

김승수 실장의 여동생이 일본에서 유학을 하던 작년 일본 청년들에게 참변을 당했기 때문이다.

대학교를 다니던 김승수 실장의 동생은 시험기간 때문에 학교 도서관에서 공부를 하고 저녁 늦게 귀가를 하였다.

평소 다니던 길이기에 아무런 생각 없이 그렇게 길을 나섰는데, 평소 그녀를 시기하던 일본 대학생들이 그녀를 납치해 강간을 하고, 그 장면을 촬영을 했던 것이다.

그런데 그 일본 대학생들은 자신들이 범죄를 저질렀으면서 뻔뻔하게 법정에서 그녀가 먼저 자신들을 유혹했으며, 원래 한국인들은 돈을 벌기 위해 자주 남성을 유혹한다고 답변을 했었다.

그뿐이 아니었다.

그들은 김승수 실장의 동생을 난행하는 장면을 촬영했던 영상을 마치 AV배우가 촬영한 것처럼 조작해 인터넷에 올렸다.

그 때문에 김승수 실장의 동생을 강간했던 일본 대학생들은 무죄로 풀려났으며 오히려 피해자인 그녀는 무고죄로 고소가 되었다.

너무도 억울했던 김승수 실장의 동생은 억울하다는 유서를 남기고 자살을 기도했다.

다행인지 불행인지 자살 기도는 실패로 목숨은 건질 수 있었지만, 자살 후유증으로 대인기피증과 실어증에 걸려 정신병원에 수용되었다.

동생의 불행을 알게 된 김승수 실장은 다각도로 동생의 사건을 조사하였다.

그리고 동생의 사고 뒤에 일본 우익단체들의 로비가 있었음을 알게 되었다.

동생을 강간한 가해자들 중 우익단체의 회원들이 다수 포함이 되었으며, 그중 한 명은 그 단체의 회장의 인척이었다.

그랬기에 집단 강간을 당한 피해자이면서도 한국인이란 사실 때문에 오히려 매춘을 하려고 남성을 유혹한 창녀로 매도되었다.

그 때문에 김승수 실장의 여동생은 재판에 지고 무고죄로 고소가 되었으며 다니던 대학에서도 제적이 되었다.

이런 일이 있었기에 김승수 실장은 일본이라면 이가 갈리는 사람이었다.

그렇기에 이번 원장의 명령은 그에게 합법적으로 일본인들을 조사할 명분을 가지게 했다.

대한민국은 민주주의 국가라 함부로 개인의 정보를 조사할 수 없다.

아무리 국정원 직원이고, 또 실장이라는 고위직에 있다고 해도 말이다.

그런데 지금 비상사태를 선포하고 테러 용의자들을 추적하라는 명령을 받았다.

그러니 자신이 일본인들을 뒷조사하는 것은 정당한 행위였다.

이번 국정원장의 명령으로 어떻게 사건이 전개될지 새로운 국면으로 들어서게 되었다.

❖   ❖   ❖

아침 출근길은 언제나 바쁘다.

울산과 함께 대단위 자동차 공장이 들어선 아산의 형제 자동차 공장을 향해 새벽같이 일어나 출근을 하는 근로자들을 지켜보는 시선이 있었다.

'꼭 이렇게까지 해야 일본이 살아날 수 있는 것인가?'

미야모토는 자신에게 내려진 명령을 수행하기 위해 아산에

왔지만, 선뜻 마음이 내키지 않았다.

미야모토는 학교 선배인 요시오를 존경해 자신도 그가 걸었던 길을 그대로 답습하며 지금의 위치에 올랐다.

어린 시절부터 최우수 엘리트 코스를 밟아 온 요시오 대좌는 도쿄대를 졸업하고 바로 자위대에 입대를 했다.

요시오 대좌가 입대를 할 당시만 해도 일본은 아직까지 평화 헌법이 개정되기 전이라 자위대라 불렸다.

하지만 그가 입대를 하고 얼마 뒤 자위대는 군으로 승격이 되었다.

이미 밝은 미래가 펼쳐져 있는 것을 거부하고 나라를 위해 한목숨 받치기 위해 자원입대를 한 요시오의 행동에 감동한 미야모토는 그런 선배 요시오를 따라 일본군에 입대를 했다.

그런 미야모토는 제이의 요시오라는 별명이 붙을 정도로 요시오 대좌를 우상시 하였다.

그래서 요시오가 일본군에서 내각정보국으로 자리를 옮겼을 때도 따라서 지원을 했다.

뿐만 아니라 내각정보국 비밀부대인 닌자대에 요시오가 지원을 했을 때도 따라서 지원했다.

그전까지 요시오의 행동을 따라 한 것과는 많은 차이가 있었다.

닌자대의 훈련은 군에서 특수부대 훈련을 한 것과는 천지

차이로 힘든 고난의 연속이었다.

인간의 한계를 넘어서는 훈련의 훈련이 거듭되며 자신들이 이뤄야 할 목표가 고대 전국시대에 활약을 했던 닌자라는 것을 알았을 때, 미야모토는 깜짝 놀랐다.

그저 고된 훈련을 참으라는 의미의 닌자라 알았는데 그게 아니었다.

내각정보국 특수부대인 닌자대는 말 그대로 고대 닌자들의 비법을 연구하여 현대에 재해석해 양성한 현대판 닌자부대였던 것이다.

영화나 애니메이션에 나오는 그런 분신술이나 둔갑술을 부리는 것은 아니지만, 인간 한계의 끝을 경험하고 일본의 과학자들이 개발한 특수전투복—아머슈트—를 입고 조국을 위해 음지에서 일을 하는 존재다.

그러했기에 미야모토는 닌자가 된 것에 큰 자부심을 느꼈다.

그런데 지금 자신의 우상이며 닌자부대의 수장인 요시오 대좌가 한 명령에 미야모토는 둔기로 머리를 한 대 맞은 느낌이었다.

그동안 상부에서 내려온 어떤 명령도 아무런 의심 없이 수행을 했다.

외국에 나가 누군가를 암살하라는 명령이 내려와도 그것이 조국 일본을 위한 일이라 생각하며 아무런 거리낌 없이 목표를 제거했다.

그런데 지금 뜻밖의 명령에 미야모토의 정체성이 흔들렸다.

"미야모토! 넌 아산에 있는 형제 자동차 공장을 파괴하라!"

"요시오 님, 우리가 비록 나라를 위해 음지에서 일을 하는 닌자라 하지만 이런 일까지 해야 합니까?"

"명령이다. 우린 닌자다. 시노비노모노(忍びの者)는 주군을 위해서라면 어떤 일이라도 할 수 있어야 한다."

"하지만…… 이곳 한국은 우리 일본의 동맹국이잖습니까?"

"아무리 동맹이라도 우리 일본이 살기 위해선 어쩔 수 없다. 한국이 죽어야 일본이 산다."

미야모토는 아산으로 떠나오기 전날 요시오 대좌가 한 말을 다시 한 번 생각했다.

'지금 우리 일본이 죽어 가고 있다는 말인가? 그리고 그런 일본이 살기 위해선 여기 한국이 죽어야 한다는 것인가?'

자신의 우상이었던 요시오 대좌의 말을 듣고 미야모토는 무척이나 혼란스러웠다.

아무리 조국을 위한 일이라고 하지만, 동맹국에 테러를 할 수 있다는 말인가.

더욱이 군부대나 경찰도 아닌 민간인을 대상으로 테러를 자행하라니 어떻게 해야 할지 판단을 내릴 수가 없었다.

일단 명령이기에 자신에게 타깃으로 부여된 아산 형제 자동차 공장이 있는 아산의 야산에 와 있다.

하지만 출근하는 근로자들의 얼굴을 보고 있자니 쉽게 결단을 내릴 수가 없다.

월요일 출근길에 나서는 젊은, 아니, 젊다고 하기보단 이제 갓 고등학교를 졸업했을 것 같은 어린 청년들의 모습을 보자니 고향집에서 학교를 다니는 막내 동생이 생각났다.

어려서부터 기계를 만지는 것을 좋아한 동생은 학교를 졸업하면 가업인 자동차 정비소를 물려받겠다고 떠들고는 했다.

지금 출근하는 어린 청년들의 얼굴을 보니 바로 막내의 얼굴이 떠올라 망설여졌다.

이렇게 미야모토가 임무를 수행하는 것에 망설이고 있을 때, 그와 파트너가 된 스즈키는 그런 미야모토를 못마땅한 얼굴로 쳐다봤다.

"미야모토 상!"

"네, 스즈키 상. 제게 하실 말씀이라도 있습니까?"

"예, 시간이 얼마 없습니다. 언제까지 그렇게 망설이고 있을 것입니까?"

스즈키의 질문에 대답을 하는 미야모토에게 스즈키는 언제까지 그렇게 있을 것인지 물었다.

사실 스즈키도 이번 임무가 그렇게 썩 마음에 들지는 않지만, 자신과 같은 공무원들은 위에서 내려온 명령은 어떻게든 처리를 해야 한다.

비록 소속은 달라 상급부대인 정보국 출신인 미야모토의 지시를 받아야 하는 것이지만, 스즈키도 총리 직속 부서인 내각조사실의 요원이었다.

얼른 한국에서의 임무를 마치고 고국으로 돌아가고 싶었다.

이상하게 한국에 머무는 동안 편하지 않고 마음 한구석에 고국으로 돌아갈 수 없을지도 모른다는 불안감이 밀려오곤 했다.

그 때문에 이렇게 망설이고 있는 미야모토가 한없이 답답했다.

빨리 임무를 마치고 돌아가야 하는데 이렇게 미적거리니 한 소리 하지 않을 수 없어 나선 것이다.

그런 스즈키의 말에 어쩔 수 없다는 판단을 내렸다.

"알겠소! 그럼 준비한 서류들은?"

"그건 여기 빠짐없이 준비하고 있습니다."

미야모토가 결심을 한 듯 보이자 스즈키는 얼른 자신의 옆에 있는 서류 가방을 그의 앞에 내밀었다.

스즈키가 내놓은 가방 안에는 몇 개의 서류와 카탈로그가 들어 있었다.

준비된 물품이 제대로 준비가 된 것을 확인한 미야모토는 스즈키에게 고개를 끄덕이며 자리에서 일어났다.

"출발합시다."

조금 전까지 망설이던 모습은 사라지고 단호한 표정이 된 미야모토는 냉정한 표정으로 차에 올랐다.

마음의 결정을 하고 난 미야모토는 정말이지 조금 전에 망설이던 모습은 찾아볼 수가 없었다.

어떻게 보면 이중인격자로 오해받을 수도 있는 모습이지만, 스즈키는 그런 모습에 신경 쓰지 않았다.

어서 빨리 임무를 마치고 고국으로 돌아갈 생각뿐이기 때문이다.

미야모토와 스즈키가 탄 차는 천천히 굴러 아산 형제 자동차 공장 안으로 들어갔다.

❖　　❖　　❖

"이곳은 도색 공정이 이뤄지는 곳입니다."

형제 자동차 아산 공장의 공장장은 서울 본사에서 내려온 이사와 일본에서 온 협력사 간부를 안내하며 안내를 하고 있었다.

스즈키는 공장장의 안내를 받아 도색 공정을 하는 장치들을 살펴보았다.

"흠, 그런데 어떤 것이 문제라는 것입니까?"

"그게 일만 번의 한 번 꼴로 오작동을 일으키고 있습니다."

공장장의 설명을 들은 사람들의 인상이 별로 좋지 않게 구겨졌다.

이곳에 있는 기기들은 최소 몇 백억이 나가는 장비들이다.

그런데 그런 장비가 오작동을 일으키고 있다는 말에 표정이 좋을 수는 없는 것이다.

하지만 이곳에 있는 사람들은 모르고 있었다.

기계들이 오작동을 하는 것은 모두 이들이 사전에 꾸민 일이었다.

일본은 오래전 이곳을 테러 목표로 정해 놓고 있었다.

아니, 한국에 있는 산업 시설들 곳곳을 임의의 타깃으로 정해 놓고 언젠가 쓸 날이 있을 것이라 생각하고 있었다.

그러던 중 현 정부가 한국과의 전쟁에 돌입하기 전 한국을 혼란에 빠뜨리기 위해 실제로 작전에 들어갔다.

한국이 들인 일본산 기기들에 스파이 프로그램을 심어 놓았다.

필요한 때 써먹기 위해서다.

이곳 아산 형제 자동차 공장도 일본에서 들여온 값비싼 장비들이 오작동을 일으키는 바람에 막대한 손실을 입었다.

그런데 자체적으로 아무리 점검을 해도 오류가 난 곳을 찾을 수가 없었다.

그 때문에 일본의 업체에 연락을 하여 기술자를 파견해 줄 것을 요청한 것이다.

그리고 지금 스즈키와 미야모토는 일본 업체의 기술자로 위장을 하고 이곳에 들어왔다.

위잉! 위잉!

쿵쿵, 치익칙! 치익칙! 칙칙칙칙!

사람들은 창을 통해 로봇 팔이 자동차에 도포를 하는 모습을 지켜봤다.

자동차에 쓰이는 페인트는 굳기 전에는 무척이나 인체에 유해한 물질. 그 때문에 보호 장비 없이 직접 피부에 닿게 되면 무척이나 위험하기에 이렇게 사람과 격리된 곳에서 도색을 하고, 관리자는 창을 통해 도색 작업을 확인한다.

스즈키와 미야모토 그리고 형제 자동차의 직원들이 공장 곳곳을 돌아보며 점검을 했다.

하지만 그 어떤 이상도 보이지 않아 골치가 아팠다.

"김현진 상, 저희가 보기에는 이상이 없어 보이는데 말입니다."

미야모토는 공장을 돌아본 소감을 말했다.

그렇지만 분명 공장에 있는 기기들이 오작동을 해 손해를 본 형제 자동차 입장에선 지금 미야모토의 말을 그대로 받아들일 수 없었다.

어떻게든 오류를 잡고 정상적으로 작동을 하게 만들어야 했다.

아무리 1/10000로 발생하는 오류라고 하지만, 이건 그냥 두기에는 손해가 막심한 일이기 때문이다.

더욱이 공장 한 곳만 그런 것이 아니라 자잘하게 아산 공장 곳곳에 있는 공정들이 조금씩 손해가 쌓여 가고 있기에 참으로 난감했다.

"미야모토 전무님! 지금이야 정상으로 보이지만, 저희 형제 자동차는 손해가 막심합니다. 벌써 이번 달만 다섯 번이 공장이 멈췄습니다."

김현진 상무는 아무런 이상이 없다는 소견을 내는 미야모토에게 하소연을 했다.

정말이지 이대로 가다가는 이곳 아산 공장을 책임지는 그의 자리가 위태롭기 때문이다.

"그러지 마시고 좀 자세히 점검을 해 주십시오."

"그럼 저희가 볼 동안 사람들을 내보내 주십시오."

"알겠습니다. 전무님과 상무님께서 점검을 하는 동안 직원들을 모두 내보내겠습니다."

김현진 상무는 미야모토의 말에 얼른 대답을 했다.

일본 업체들은 자신들의 노하우를 절대로 남에게 보이려 하지 않는다.

특히 한국인들에게는 말이다.

눈썰미가 좋은 한국인들은 자신들이 본 것만으로도 배우지 않은 것들을 척척해 내는 인종이기에 철저히 경계를 했다.

그래서 지금도 미야모토는 김현진에게 자신들이 점검을 하는 동안 공장 직원들이 자신들 근처에 오지 못하게 말을 하는 것이다.

미야모토는 김현진이 자신의 말을 들어주겠다고 하자 살며시 자신의 옆자리에 있는 스즈키를 돌아보았다.

그런 미야모토의 모습에 스즈키는 아무런 말도 하지 않고 눈만 깜빡였다.

이들은 사전에 어떻게 할 것인지 미리 정해 놓고 눈짓만으로 대화를 나누고 있었다.

아산 공장에 테러를 하기 위해 잠입한 두 사람은 이제 자유롭게 공장 곳곳을 돌아다니며 작업을 할 수 있게 되었다.

"우리도 많은 시간을 이곳에 있을 수 없으니 바로 작업에 들어가기로 하겠습니다. 김 상께서는 얼른 조치를 취해 주시기 바랍니다."

정중한 미야모토의 말에 김현진 상무는 얼른 자신의 옆자리에 있는 부하 직원에게 지시를 내렸다.

"뭐해? 얼른 방송 내보내지 않고?"

김현진 상무의 말에 직원은 얼른 자리에서 일어나 공장 내 방송실로 뛰어갔다.

❖   ❖   ❖

"스즈키 상! 난 이곳부터 시작할 테니 당신은 프레임 공장으로 가서 시작하십시오."

"알겠습니다. 그럼 조금 있다 보겠습니다."

"조심하십시오."

"알겠습니다. 미야모토 상도 조심하시기 바랍니다."

두 사람은 그렇게 서로의 안전을 걱정하며 자리를 벗어났다.

이들은 기기를 점검하는 척을 하며 안 보이는 곳에 플라스틱 폭탄을 설치하기 시작했다.

이 플라스틱 폭탄은 겉으로 보이게는 그냥 흔한 껌처럼 보이지만 껍질을 깐 상태에서 반죽을 하면 열이 발생한다.

만약 반죽을 하지 않으면 껌처럼 보이는 이 플라스틱 폭탄은 반응을 하지 않기 때문에 무척이나 안전한 상태로 보관을 할 수 있지만, 만약 잘못해 반죽을 해 화학 반응을 하기 시작하면 그때는 무섭게 팽창을 하다 폭발을 한다.

더욱이 이 폭탄의 위력은 같은 부피의 TNT폭탄의 천 배에 해당하는 폭발력을 가지고 있기 때문에 많은 나라에서 상용하고 있는데, 그중에 미국은 물론이고, 러시아, 프랑스, 영국 그리고 이스라엘도 사용을 하고 있다.

부피가 작기 때문에 휴대성이 편하고, 또 겉으로 봐서는 껌과 구별하기도 힘들기 때문에 아무도 이들이 폭탄을 설치하는 것을 눈치채지 못했다.

그리고 이것이 큰 불행을 안기게 되었다.

8.
범국민 테러 대책 본부

전국 각지에서 터지는 사고로 대한민국은 큰 슬픔에 빠졌다.

이는 단순한 사고가 아니라 명백한 테러였다.

사고가 일어나기 전부터 일본인들로 구성된 테러 집단의 테러 모의를 적발했던 전력이 있기에 모든 국민들이 이번 테러의 범인으로 일본을 의심을 하고 있지만, 아직까지 증거를 찾지 못하고 있어 속으로 화를 삭이고 있었다.

하지만 만약 증거만 찾아낸다면 그냥 넘어가진 않을 것이다.

도저히 상식적으로 생각해도 말이 되지 않는 짓을 벌인 일본에 대한민국은 분노를 하였다.

만약 여기에 증거가 나온다면 확실히 국민들 마음속으로 염원하는 일이 벌어질지도 모를 일이었다.

이런 마음을 가지고 있지만 한국의 국민들은 일단 자신들이 해야 할 일을 잘 알고 있었다.

지금 이런 때일수록 흥분한 마음을 가라앉히고 피해 복구에 힘써야 할 때였다.

언제나 삽질을 하며 이전투구(泥田鬪狗)을 하던 국회도 한 목소리로 이번 대혼란 사태를 극복하기 위해 손발을 걷어붙였다.

◈　　◈　　◈

전국적인 테러 발생에 대통령은 특단의 대책을 내놓았다.

민관군이 총 망라된 범국민적 관점에서 테러 피해를 수습하고, 또 나아가 이번 테러를 주도한 범인들을 추적, 섬멸하는 일을 지휘하는 지휘할 기구를 설립하였다.

그런데 조직의 수장은 이례적으로 군이 맡게 되었다.

예전 같았으면 정부가 역사를 거꾸로 간다며 질타했을 의원들도 아무런 말없이 이번 조치에 찬성을 했다.

그도 그럴 것이 대책 본부의 장이, 전에 대규모 테러 단체를 사전에 적발해 엄청난 인명 피해가 났을지도 모를 테러를 미연에 방지했던 군인이었기 때문이다.

성환의 조작으로 50명이나 되는 일본인 테러 단체를 체포한 최세창 대령이 그 자리에 앉게 된 것이다.

처음 그가 대책 본부의 수장이 된다는 발표가 있었을 때 가장 놀랐던 사람은 우습게도 최세창 본인이었다.

자신은 그저 동기이며 자신과 운명의 동반자인 성환의 부탁으로 만일의 사태를 막기 위해 일부 군 병력을 지원했을 뿐인데, 어느 순간 자신이 테러 방지의 일등공신이 되어 있었다.

이 때문에 이 일을 어떻게 받아들여야 할지 몰라 전전긍긍할 때 성환이 넌지시 조언을 했다.

자신들의 목표에 이르는 데 도움이 되는 이번 인사를 받아들이라는 것이었다.

그리고 세창의 일에 자신이 발 벗고 나서서 도와주겠다는 말도 했다.

자신이 꾸며 낸 일이지만, 어찌 되었든 우연인지 아니면 하늘의 뜻인지 정말로 국내에 테러를 저지르려던 단체가 침투해 있었다.

성환은 이번 일을 그냥 넘길 생각이 없었다.

성환도 이번 테러의 배후에 일본이 있을 것이라 생각했다.

대한민국은 그렇게 허술한 나라가 아니다.

절대로 단체 정도로 이정도 규모의 테러를 벌일 수 없기 때문이다.

만약 그런 조직이 있다면 그 조직은 벌써 몇 나라를 전복하고도 남았을 것이다.

이것은 세계 최고의 조직인 CIA도 감히 엄두를 내지 못할 일이다.

아머슈트로 무장을 한 특수부대를 운용을 하던 그들도 소규모 테러나 레지스탕스 지원 등을 할 수 있지만, 현재 대한민국에서 벌어진 정도로 광범위하게 테러 행위를 할 수는 없었다.

그것도 남미나 아프리카처럼 치안이 불안한 국가도 아니고, 치안 상황이 OECD국가 중 상위에 속하는 한국에서 이런 대규모 테러 행위를 할 수 있다는 것 자체가 국가적 지원을 받지 않고서는 불가능한 일이다.

특히나 한국은 총포류에 관해서 규제가 무척이나 까다로운 국가이다.

그런 곳에서 군에서나 사용하는 고성능 폭약을 사용했다는 것이 무엇을 말하는 것인지 말을 하지 않아도 알 수 있었다.

이 때문에 성환은 최세창 대령이 범국민 테러 대책 본부의 본부장에 임명이 되었다는 소식을 듣자마자 그에게 자신이 돕겠다는 말을 했다.

마침 조언을 구하며 될 수 있으면 성환의 힘을 빌렸으면 하는 마음으로 성환에게 연락을 했던 최세창은 말을 꺼내기 전에 성환이 먼저 이야기를 꺼내 주어 무척이나 고마웠다.

◈　　◈　　◈

성환이 전면에 있는 입구에 걸려 있는 현판을 보았다.

범국민 테러 대책 본부, 현관 앞에 큼지막하게 그곳이 어떤 곳인지 짐작하게 하는 현판이 걸려 있었다.

성환은 잠시 그 현판을 쳐다보다 안으로 들어갔다.

안으로 들어서기 무섭게 엄청난 소음이 성환의 귀를 때렸다.

"아직도 사고 현장에 조사관들이 도착을 안 했다는 말씀이에요?"

"야 이 새끼들아! 너희들 일 똑바로 못해?! 인원이 부족하면 보고를 하고 인원을 보강을 해야 할 것 아니야!"

"여보세요. 수상한 사람이 백화점 주변을 배회한다고요?"

여기저기서 담당자들이 전화통화를 하며 고함을 지르고, 다른 사람도 시끄러운 중에 통화를 하기 위해 큰 소리를 지르다 보니 대책본부 안은 무척이나 시끄러웠다.

예민한 청각을 가진 성환이라 잠시 인상이 찌푸려지긴 했지만 곧 얼굴을 폈다.

이곳에 있는 사람들의 고충을 잘 알고 있기 때문이다.

벌써 며칠째 이들은 집에도 들어가지 못하고 전국적으로 발생한 테러를 진압하기 위해 불철주야 노력을 하고 있었다.

그렇기에 잠시 본능적으로 인상을 구겼지만, 금방 본래의 모습으로 돌아온 것이다.

그것이 이들에 대한 예의이기 때문이다.

잠시 대책 본부 안을 살피던 성환은 실내 구석에 있는 최세창의 모습을 확인했다.

군인이다 보니 대책 본부장이 된 지금도 군복을 입고 있어 금방 찾을 수 있었다.

물론 이곳 대책 본부에는 민, 관, 군이 모두 합동으로 근무를 하고 있어 세창 말고도 군인이 더 있었지만 대령의 계급을 가지고 있는 사람은 최세창이 유일했다.

원칙적으로 이 정도 규모의 기구가 만들어지면 사실 대령급의 인물이 수장의 자리에 앉을 수는 없었다.

하지만 국민들이 다른 사람들이 이 자리에 앉는 것을 인정하지 않기에 어쩔 수 없는 인선이었다.

그러다보니 범국민 테러 대책 본부라는 거창한 이름을 가지고도, 수장은 대령이 되었다.

이는 경찰로 치면 겨우 총경 정도의 직책을 가진 사람이 치안감급에 해당하는 자리에 앉은 것이다.

그 때문에 다른 곳에서 직원들을 어떻게 파견 보내야 할지 골머리를 싸매야 할 정도였다.

군사정권 때나 이런 비상식적인 계급 체계가 용인이 되었지만, 문민정권 이후로 군의 위상이 낮아지며 절대로 있을 수 없는 일이 되었으나, 지금은 그런 것을 따질 때가 아니었다.

누가 수장이 되었든 혼잡한 지금 상황을 잘 수습하는 것이 중요했다.

이런 취지로 관계자들이 수긍을 하고 비록 수장이 대령이지만 모두 그의 말에 따랐다.

이는 대통령이 직접 나서서 대책 본부장의 자리에 대한 직위를 확실하게 공신했기 때문에 가능했다.

"얼굴이 그게 뭐냐?"

성환은 세창의 앞으로 가서는 그의 얼굴을 보고는 그렇게 말을 했다.

아닌 것이 아니라 며칠사이 세창의 얼굴이 반쪽이 되었기 때문이다.

얼마나 격무에 시달렸으면, 아무리 힘들어도 말쑥한 차림의 그였는데, 지금은 조금 과장되게 말해서 노숙자와 별반 다르지 않았다.

며칠 깍지 못한 수염은 지저분하게 자라 있었고, 쪽잠을 잔 것인지 칼날처럼 날이 서 있던 군복은 이곳저곳이 구겨져 있었다.

한참 컴퓨터 모니터를 들여다보던 최세창은 성환의 목소리가 들리자 그제야 자신의 곁에 누가 온 것을 알고 고개를 들었다.

"어? 왔냐?"

목소리의 주인공이 성환이란 것을 확인한 세창은 그에게 잠시 기다리란 말을 하였다.

"잠시만 기다려라! 광주와 아산에서 있었던 테러의 범인으로 보이는 용의자의 흔적을 찾은 것 같다."

세창은 최초 테러가 발생한 광주 지하철 테러의 용의자와, 두 번째로 발생한 아산 형제 자동차 공장 테러의 범인들로 보이는 용의자들을 정보를 확인 중이었다.

무척이나 중요한 것이기에, 그가 하는 것을 지켜보며, 자신도 범인으로 보이는 자의 모습을 확인하기 위해 세창의 뒤로 가 섰다.

그런데 광주에서 발생한 용의자들의 모습은 당시 역에 설치된 CCTV의 화질이 좋지 못해 조금 더 지켜봐야 하겠지만, 아산 형제 자동차 공장 폭파범의 모습은 금방 확인할 수 있었다.

그도 그럴 것이 세계에서 손에 꼽히는 자동차 메이커인 형제 자동차이다 보니 보안이 무척이나 신경을 썼다.

공장 곳곳에는 이런 보안 설비들이 갖춰져 있는데, 보안용 카메라에 투자한 돈이 어마어마했다.

일반 회사처럼 그냥 단순한 CCTV가 아니라 적외선은 물론이고, 줌인을 통해 대상 확대, 자동으로 밝기 조절 및 동작 인식 센서까지 부착된 최신형 카메라를 설치해 두고 있었다.

그 때문에 테러 용의자로 지목된 일본인들의 얼굴이 자세하게 카메라에 담을 수 있었고, 이것을 토대로 전국에 수배령을 내린 상태다.

"이게 그 아산에서 발생한 테러의 용의자들이냐?"

"그래, 이들이 유력한 용의자다."

이야기를 하며 모니터를 지켜보던 세창과 성환은 어떤 장면을 보고 깜짝 놀랐다.

"이, 야! 어서 비상 때려!"

"그래, 이거 무지 심각한데……."

성환은 화면을 보다 말고 세창에게 비상을 걸라는 말을 했다.

성환이 보고 있던 화면에 용의자들이 어떻게 테러 준비를 하였는지 여실히 드러났기 때문이다.

화면에 용의자 두 사람이 가방에서 껌처럼 보이는 것을 꺼내는 것이 보였다.

그리고 그것을 반죽하는 모습과 공장 곳곳에 혼합한 플라스틱 폭탄을 설치하는 것까지 확인했다.

테러범들이 사용한 것은 셈텍스였다.

일반적으로 셈텍스라고 하면 흔히들 플라스틱 폭약을 통틀어 셈텍스라고 부른다.

하지만 이 셈텍스에도 종류가 많은데, 테러범이 상용한 것은 이스라엘이나 미국에서 특수목적용으로 사용하는 그런 종류의 것으로 보였다.

성환과 세창은 테러범이 폭약을 사용하는 모습을 보고 그들이 사용한 폭약이 C4가 아니라 셈텍스라고 바로 말할 수 있었던 것은 바로 기폭 장치 때문이었다.

C4와 셈텍스 둘 다 플라스틱폭탄의 종류다.

그런데 셈텍스는 C4에 비해 가볍고 폭발성이 강한 반면 무척이나 안전성이 뛰어나다.

기폭 장치가 없으면 폭발하지 않기에 들고 다녀도 아무런 위험이 없다.

휴대폰 케이스 부피만으로도 작은 회의실 정도는 초토화할 수 있는 위력을 가진 것이 바로 셈텍스다.

그러니 아직도 잡히지 않은 테러범과 그들이 동료들 그리고 얼마나 많은 셈텍스를 가지고 있을지 아무도 짐작할 수 없었다.

그러니 사후 대책만 신경 쓸 때가 아니었다.

지금보다 더 광범위하게 수색을 하고 경계를 해 또 다른 테러를 막아야 했다.

◈　　◈　　◈

"잘 타고 있군!"

이토 총리는 NHK에서 나오는 국제뉴스를 보며 그렇게 중얼거렸다.

화면에는 20대 여성 아나운서가 뉴스 보도를 하고 있었는데, 그 뒤 배경에는 한국에서 발생한 테러 현장이 나오고 있었다.

그런 테러 현장을 보며 이토 총리는 뭐가 그리 기쁜지 만면에 미소를 머금고 남의 불행을 기뻐하고 있었다.

그런 이토 총리의 모습을 보는 다른 일본 내각의 장관들도 모두 그와 비슷한 표정들이었다.

이미 한국과 전쟁을 치루는 것을 전제로 테러를 지시한 이들이기에, 한국의 불행한 사태는 이들에게 큰 기쁨일 수밖에 없었다.

"요시오 대좌가 아주 큰일을 하고 있습니다."

총리의 딸랑이인 요시히데 관방장관은 미소를 짓고 있는 이토 총리를 보며 그렇게 말을 했다.

그런 관방장관의 아부가 듣기 좋았는지 이토 총리는 입으로는 타박을 하는 듯 말을 했지만, 입가에는 계속해서 미소가 사라지지 않고 있었다.

"이 사람아, 저렇게 사람이 많이 다치고 죽었는데, 그런 식으로 말하면 안 되지 않겠나?"

참으로 얄미운 소리를 하고 있었다.

그런 총리의 모습에 여기저기서 아부의 목소리가 울리며 총리실을 가득 메웠다.

한참 그렇게 웃고 떠들던 이토 총리는 정색을 하며 관방장관에게 물었다.

"영웅들의 철군은 어떻게 되었나?"

이토 총리는 한국에서 테러를 저지른 그들을 영웅이라 부르며 그들의 철군에 관해 물었다.

원 계획으로는 한바탕 한국에 혼란을 일으킨 뒤 안가에 숨어 있다 한국의 정세가 혼란한 틈을 타 미국을 거쳐 일본으로 돌아오는 것이 계획이었다.

하지만 이토 총리는 한국이 막상 테러를 당한 모습에 기분이 좋으면서도 뭔가 꺼림칙한 느낌을 거둘 수가 없었다.

분명 보이는 것으로는 자신들이 계획한대로 진행이 되고 있었다.

물론 시작 초반에 일부 요원들이 한국의 경찰들에게 붙잡혀 긴장을 하게 만들긴 했지만 결과적으로 테러를 저지르는 것에 성공을 했다.

물론 모든 목표가 원래의 계획대로 모두 파괴가 되었다면 좋겠지만, 사회 시설들을 파괴하여 혼란을 야기한 것은 기쁜 일이다.

더욱이 한국이 생각보다 크게 혼란에 빠진 것도 아니었다.

동시다발적으로 벌어진 테러에 아직 정신을 차리지 못하는 모습을 보이고는 있지만, 한국 정부는 예전과 다르게 신속하게 대책 본부를 만들어 사고를 수습하는 한편, 이번 일을 벌인 범인들을 색출하기 위해 특별 기구를 설치했다.

그러다 보니 혹시나 작전에 투입된 요원들이 한국에서 못 돌아오는 것은 아닌지 걱정이 되었다.

만약 그들이 한국 정부에 붙잡히기라도 하여 배후가 자신들이란 것이 발각이 된다면 그것은 아주 심각한 문제를 야기할 수 있었다.

그렇기에 하루라도 빨리 그들이 돌아와야 한다.

특히 다른 요원도 아니고 정보국 산하 닌자부대는 필히 돌아와야 한다.

닌자부대가 붙잡히게 된다면 일본은 무척이나 심각한 타격을 입게 된다.

일본이 어떤 타격을 입는가 하면 사실 그동안 알게 모르게 닌자부대는 해외에서 많은 작전에 투입이 되었다.

물론 그들이 투입된 작전은 모두 일본의 국익과 관련이 있는 일이었다.

갈수록 심화되는 자원전쟁에 끌려가지 않고 우위에 서기 위해 일본은 이권이 개입된 지역 어느 곳이나 닌자부대를 투입해 방해 요소를 제거했다.

일본이 비록 80년대 후반 버블 경제가 거품이 빠지면서 무너졌지만 옛말에 썩어도 준치라고 했다.

그게 무슨 말인고 하니 아무리 당시 판단 실수로 일본 경제가 성장을 멈추고 성장이 뒷걸음질 치기는 했지만, 그동안 축적된 기본이 있어 아직도 재기를 노리고 있었다.

그런데 재기를 하려면 한국이나 일본은 제조업을 해야 한다.

제품을 만들려면 원료가 있어야 하는데, 현대에는 이 자원을 확보하는 것이 전쟁 못지않게 치열하다.

아니, 자원을 확보하기 위해 전쟁도 불사하는 것이 현대에 살아가는 나라들의 현실이다.

미국이 중동에서 이라크를 상대로 걸프전을 벌인 것도 사실 석유 자원을 확보하기 위해서였다.

사실 미국은 굳이 이라크가 아니라도 자국 내에도 원유를 생산하는 산유국이다.

그러면서도 그들은 세계 각국에 있는 유전지대에 시추권을 얻기 위해 많은 노력을 한다.

그리고 그건 비단 석유뿐만이 아니다 금, 은, 등 귀금속은 물론, 산업 전반에 쓰이는 각종 희귀 물질들을 확보하기 위해 사실상 침략 행위를 자행하고 있었다.

물론 겉으로는 가난한 나라에 재정을 지원하여 잘사는 나라로 만들어 주겠다는 감언이설을 펼치지만, 그 내면에는 그 국가가 가지고 있는 지원을 합법적으로 가져가기 위한 작전인 것이다.

이때 조금 깨인 사람이 국가수반이나, 정부 부처에 있는 사람이라면 최대한 자신의 나라가 가지고 있는 나라의 자원을 적절히 활용을 해 많은 도움을 받을 수 있겠지만 그렇지 못한 이들이 태반이다.

처음에는 작은 이득에 감사를 하지만 점점 들어오는 돈의 양이 많아지면서 타락을 하는 것이다.

일본은 이때 돈으로 달래기보다는 자국에 반하는 인사들을 이 닌자부대를 파견해 제거를 했다.

어느 나라든 자국의 이익을 위해서 자국의 이익과 반하는 세력에 철퇴를 가하고 있지만, 결코 그것을 인정하지 않는다.

자신들도 자신들이 한 행동이 비인간적인 행동임을 잘 알고 있기 때문이다.

그런 이유로 이토 총리도 어떻게 보면 동맹국이면서 사사건건 자신들과 부딪히는 한국에 닌자들이 붙잡히게 된다면 무슨 일이 벌어질지 상상하기도 싫었다.

사실 일본만 닌자부대처럼 특수부대가 있는 것이 아니라, 한국도 분명 자신들이 보유한 닌자부대에 버금가는 부대가 분명 있을 것이다.

한때 그런 부대가 있다는 정보가 들어오자마자 미국에 정보를 흘려 그들로 하여금 그 부대를 해체하게 만들었다.

그런데 지금에 자신들이 보유한 닌자부대를 들키게 된다면 어떻게 될 것인가?

그건 보지 않아도 답이 나온 문제였다.

비록 해체를 했다고 하지만 아마 그 한국의 전직 특수부대는 다시 결성이 될 것이 분명했다.

그럼 어떻게 될 것인가? 그건 물어보나마나 자신들에게 보복 테러를 감행할 것이다.

그러니 닌자부대만큼은 안전하게 빼돌려야 한다.

"그들을 신속하게 본국으로 소환을 하시오."

"알겠습니다."

"절대로 그들이 한국군이나 정부에 잡혀선 안 될 것이오. 내 말 뜻 알겠소?"

"하이!"

마지막 말을 할 때 총리의 모습은 마치 사무라이의 잘 벼려진 칼날을 보는 듯 서슬이 파랗게 서려 있었다.

그런 이토 총리의 모습에 방 안에 있던 많은 사람들이 긴장을 했다.

조금 전까지만 해도 화기애애한 분위기였는데, 순식간에 분위기가 냉각이 된 것에 긴장을 하지 않을 수 없었다.

하지만 진인사대천명(盡人事待天命)이라고, 계획은 사람이 세울 수 있으나 결과는 하늘이 내린다고 했던가?

일본의 총리가 그렇게 걱정하던 일이 한국에서 벌어지고 있었다.

전국에 있는 조직들에게 동시에 같은 명령이 떨어졌다.

명령은 다름이 아니라 수상한 행동을 하는 일본인들을 보는 즉시 상부에 연락을 하거나 지역에 설치된 테러 대책 본부에 신고를 하라는 것이었다.

조폭인 그들에게 떨어진 명령이라고 보기에 조금 이상한 것이긴 하지만, 그들이 비록 사회에 필요악인 조폭이나 그렇다고 애향심이 없는 건 아니었다.

아니, 조폭이기 때문에 자신의 구역이나 연고지에 관해 더욱 집착을 한다는 것이 맞을 것이다.

그 때문에 이번에 벌어진 테러는 경찰이나 공무원들 보다이들 조폭들을 더욱 흥분하게 만들었다.

"두만아!"

"예, 형님!"

"쩌그 저 자석들 쪽발이 같지 않냐?"

"누구 말씀하시는 것입니까?"

두만이라 불린 사내는 자신이 형님으로 모시는 철원의 말에 고개를 돌리고 그가 가리키는 방향을 쳐다보았다.

그런 두만의 눈에 양복을 쫙 빼입은 제비 같은 모습의 사내들이 보였다.

"아니, 형님! 자들은 저 아래 불야성의 삐끼들 아닙니까!"

철원이 가리킨 곳에 있는 이들은 바로 자신들이 속한 조직에서 관리하고 있는 업소의 삐끼들이었다.

이들이 이렇게 테러 용의자들을 찾아 나선 것은 조직에서 명령이 떨어진 것도 있지만, 가장 큰 이유가 성환이 각 조직들에게 명령을 하면서 건 보상 때문이었다.

공적을 세우는 조직의 두목과 당사자에게 포상금 1억 원과 KSS경호의 경호원들, 즉, 원래는 조폭이었지만 갱생도에 들어가 수련을 하여 KSS경호의 경호원이 된 그들이 익힌 무술을 가르쳐 주겠다고 했던 것이다.

한때 자신들의 밑에서 똘마니 역이나 했던 동생들이 갱생도라는 곳에 차출이 되어 갔다 온 뒤 완전, 용이 되어 버렸다.

더욱이 이들이 가장 부러워했던 것은 정상적인 직업을 가졌다는 것이나, 경호원이 되어 폼이 난다는 것이 아니라 아주 원초적인 것, 즉, 갱생도에 갔다 온 이들이 아주 강해졌다는 것이었다.

그것에 가기 전까지만 해도 자신들 보다 비슷하거나 못한 정도였는데, 그곳에 갔다 온 사람들은 확연히 달랐다.

풍기는 기운들이 마치 전국구로 알려진 주먹들이나 풍기는 위압감을 풍기고 있었던 것이다.

사실 그건 갱생도에서 배운 것들을 그들이 다 소화하지 못해 겉으로 발산되는 기운 때문이었다.

지금은 시간이 흘러 완숙의 단계에 들어가 그런 기운은 임의로 기운을 모으지 않으면 나타나지도 않는다.

이런 사실을 모르기에 조폭들은 성환이 건 보상에 눈이 뒤집혔다.

자신들도 그런 행운을 가질 수 있다는 마음에 자신들이 맡고 있는 업소도 비우고 거리를 배회하는 중이다.

뭐, 어차피 전국적으로 벌어진 테러의 영향으로 사람들이 업소를 찾는 것이 뜸해졌다.

물론 예외는 있지만 말이다.

젊은 청소년들은 무슨 사회 불만이 많은지 이태원이나 신촌 등 클럽 문화가 발달된 지역은 오히려 테러 이전보다 더 성황이었다.

언제 어느 때 자신이 테러의 희생자가 될지도 모른다는 스트레스 때문인지 클럽을 더욱 자주 찾았다.

이런 것을 보며 참으로 예상하지 못한 일이었다.

테러의 위협에서 벗어나기 위해 어린 학생들이나 중 장년층은 될 수 있으면 많은 사람들이 모이는 장소를 꺼려 하는데, 20대의 청년들은 정반대의 행동을 보이는 것을 보며 인간은 참으로 알 수 없는 존재였다.

아무튼 현재 전국에 있는 조폭들에게 성환의 보상은 한마디로 로또와 같은 것이었다.

상금 1억 원은 사실 별거 아닐 수도 있었다.

하지만 갱생도에 들어간다는 것은 조폭들에게 성공으로 들어가는 등용문과 같았다.

그러니 지금 철원이나 두만처럼 업소에 앉아 있기보다 이렇게 밖으로 나와 주변을 살피는 중이다.

더욱이 이 두 사람이 담당하는 구역은 잠실이었다.

백곰 우형준의 밑에 있는 철원은 솔직히 자신들이 담당하는 잠실을 별려 좋아하지 않았다.

같은 조직의 다른 동기들은 자신보다 더 많은 수익을 올리고 있었다.

조폭에게 수익이 많다는 것은 그만큼 그에게 떨어지는 배당이 많다는 소리고, 그건 그만큼 주머니가 빵빵해진다는 소리다.

하지만 철원이 맡은 잠실이란 지역은 그에게 오히려 스트레스를 안겨 주었다.

상업적으로 잠실은 무척 큰 구역에 해당한다.

하지만 정작 조폭이 어떻게 하기에는 마땅히 벌어먹을 만한 것이 별로 없었다.

그렇다보니 상납금을 맞추는 것도 철원에게 여간 고역이 아니었다.

그러니 이번 기회에 테러범이나 잡고, 보다 위로 올라가거나 아니면, KSS경호에 취직을 하는 것이 백 번 났다.

"어? 형님! 저기 좀 보십시오."

이런 저런 생각을 하고 있는데, 두만이 다급히 자신을 부르는 소리에 고개를 들었다.

"무슨 일인데 그러냐?"

철원은 조금 전 생각하던 것을 떨치고는 두만에게 걸어가며 무슨 일인지 물었다.

그런데 느긋한 자신의 물음에 두만은 그를 쳐다보지도 않고 대답을 했다.

"저기 머리 짧게 깎은 놈 있지 않습니까?"

"누구 말이야!"

철원은 자신의 물음에 뒤도 돌아보지 않고 대답을 하는 두만의 곁으로 다가와 누굴 가리키는 것인지 다시 한 번 물었다.

그러자 두만이 손가를 펴며 누군가를 가리켰다.

그러자 철원도 두만의 손끝을 주시하다 연장선상에 있는 전방을 쳐다보았다.

철원의 눈에 많은 사람들이 분주히 걸어가는 모습이 보였다.

하지만 유독 한 사람만은 그런 풍경과 전혀 어울리지 못하고 따로 떨어져 있는 것처럼 부조화를 이루고 있었다.

"어? 이상한데?!"

정말이지 두만이 이야기한 것처럼 너무도 이상한 사람이 한 명 그의 눈에 보였다.

"제 말이 맞죠? 이상하죠?"

"그래, 네 말처럼 조금 수상한데?"

정말이지 너무도 이상했다.

사람이 서 있는데, 다른 사람들이 그 주변을 바쁘게 걸어가면서도 그를 인식하지 못하고 있었다.

다만 철원과 두만이 그 모습을 볼 수 있었던 것은 수상한 남자가 서 있는 곳에서 멀리 떨어져 있었기 때문이다.

어떤 조화로 그런 현상이 벌어지는 것인지는 알 수 없지만, 상부에서 지시를 받을 때 언뜻 들은 것이 있었다.

"혹시나 이해하지 못하는 현상을 발견하게 되면 확인하려고 하지 말고 바로 연락해라! 그래서 확인 결과 좋으면, 그것도 테러범을 잡은 것으로 인정을 해 줄 것이니 굳이 직접 잡으려고 노력할 필요 없다. 테러범들은 단순한 일반인들이 아니다. 일본 정부에서 고도로 훈련을 받은 전문가들로 구성되어 있으니 그런 점을 잊지 말고 기억했다가 수상한 사람이나 현상을 발견하면 바로 연락해라! 알겠나?"

"예, 알겠습니다."

오늘 아침에 담당 업소에 나오기 전 두목인 우형준이 간부들을 모아 두고 그렇게 말했었다.

회장님의 지시이니 잊지 말고 기억하라면서 신신당부를 했다.

조금은 자신들을 무시하는 듯한 말이기도 하지만, 회장님이 그렇게 지시를 내렸다면 그게 맞을 것이다.

철원이 알고 있는 성환은 그런 사람이었다.

혼자서 수백 명이나 되는 조폭들을 아무런 힘도 들이지 않고 모두 제압을 했다.

지금은 구역이 잠실과 송파이지만, 몇 년 전에는 이곳이 아니었다.

서초와 관악구를 조직의 구역으로 하고 현재 전국에서 가장 크고 강한 만수파를 위협하던 때도 있었다.

하지만 단 한 명. 회장이 만수파 두목을 대신해 나선 단한 번의 일로 백곰파는 지리멸렬하고 만수파에 흡수가 되었었다.

다만 우여곡절 끝에 다시 백곰파는 만수파에서 독립을 하고 잠실과 송파로 지역구를 옮겼다.

그때도 회장님이 손을 써 이전보다 더 큰 구역을 가지고 독립을 하게 되었지만, 아무튼 대단한 분이었다.

그런 회장님이 주의를 주었다고 한다면 분명 이유가 있을 것이라 생각한 철원과 두만은 직접 이상 현상을 확인하러 가기보단 멀찍이 떨어져 그것을 관찰하며 지시대로 연락을 하면 되는 것이다.

이때 철원은 테러 대책 본부에 연락을 하기보단 조직의 두목인 우형준에게 먼저 연락을 했다.

어쨌거나 조직은 위계질서가 있어야 한다.

아무리 보고를 건너뛰어도 된다고 했지만, 깡패가 아닌 건달이라고 생각하는 백곰파 조직원인 철원은 이런 일에서도 일단 두목인 우형준이 먼저 알아야 한다고 생각해 그런 것이다.

"형님! 저 잠실의 철원입니다. 회장님께서 한 명령 때문에 주변을 살피고 있는데 이상한 것을 발견했습니다."

철원은 자신이 본 것을 빠짐없이 보고를 했다.

보고를 마친 철원은 아직까지 수상한 현상을 보이는 자를 감시하고 있는 두만에게 말을 걸었다.

"뭐 변한 것 있냐?"

"아니요. 어? 저놈 움직이는데요?"

"어?! 그러네!"

철원과 두만은 자리를 떠나려는 그자를 주시하며 마음이

급해졌다.

보고를 했기에 곧 현장에 KSS경호의 경호원들이 출동을 한다고 했다.

그러니 자신들에게 그냥 감시만 하라고 했는데, 수상한 자가 이동을 하려고 하자 마음이 급해진 것이다.

"어떻게 하죠?"

"어떻게 하긴, 일단 따라가야지. 들키지 않게 조심하자!"

"알겠습니다."

두만과 철원은 수상한 현상을 일으킨 그자를 놓치지 않게 미행을 하면서도 혹시 몰라 너무 가까이 붙지 않았다.

철원은 미행을 시작하면서 두목인 우형준에게 변한 상황을 보고하는 것을 잊지 않았다.

비록 철원이 겉으로 보기에 단순무식해 보이지만 백곰 우형준을 조직원 아니랄까 무척이나 약았다.

그렇기에 혹시나 자신들을 찾아올 KSS경호의 경호원들이 자신들을 찾을 수 있는 끈을 만들어 놓고 미행을 하는 것이다.

◈　　　◈　　　◈

"언제 오는 거야?!"

"그러게 말입니다."

철원과 두만은 수상한 사람이 들어간 호텔 앞에서 초조하게 서성였다.

이들이 서 있는 호텔은 내국인은 들어갈 수 없는 외국인 전용 호텔이었다.

그랬기에 두 사람은 안으로 들어가지도 못하고 밖에서 서성이는 것이다.

그런 두 사람의 뒤로 다가오는 사람이 있었다.

"네놈들 누구지?"

철원과 두만은 아무런 기척도 없이 자신의 뒤에서 목소리가 들리자 깜짝 놀랐다.

"헉!"

뒤에서 소리가 들리자 철원과 두만은 머리가 쭈뼛 서는 것을 느꼈다.

"누구요?"

놀란 가슴을 진정시킨 철원은 아무 것도 아닌 것처럼 침착하게 오히려 누구냐는 질문을 했다.

하지만 두 사람에게 질문을 던진 사람은 능청능청한 철원의 연기에 속지 않았다.

"내 앞에서 연기를 할 생각은 버려라! 네놈들이 아까 전부터 날 미행했다는 것을 다 알고 있다."

요시오는 대구에서의 테러를 성공시키고 서울로 올라왔다.

이미 한국 정부가 테러의 배후로 조국을 의심하고 있다는 것을 알고 있는 요시오는 탈출로를 일본과 가까운 부산이 아닌, 서울, 아니, 인천으로 정했다.

아직 다른 대원들이 도착을 하지 않아 잠시 주변을 살피기 위해 나간 것이었는데, 실수를 했다.

만약 부관인 준코의 연락을 받지 못했다면 미행을 눈치 채지 못했을 것이다.

가가이서 살펴보니 이들은 어떤 훈련을 받은 자들로 보이지는 않지만, 머리가 없는 것은 아닌지 멀리서 미행을 했다.

그러했기에 자신이 이들이 미행하고 있다는 것을 깨닫지 못했던 것이다.

"무엇 때문에 날 미행을 한 것이지?"

요시오는 자신을 미행한 철원과 두만의 정체와 목적을 알아내기 위해 질문을 했다.

하지만 두 사람에게선 어떤 말도 듣지 못했다.

계속되는 질문과 엉뚱한 대답을 하는 철원과 두만의 말에 요시오는 그만 이성을 잃을 뻔하였다.

한국에서 무사히 빠져나갈 수 있는지 또 부하들이 얼마나 생존해 있는지 현재로서는 알 길이 없었다.

요시오는 닌자들과 내각조사실 요원들에게 최종 명령을 했을 때, 배정된 목적을 이루고 2차 안가에 집결하기 전까지 어떤 연락도 하지 말라는 지시를 내렸다.

그도 그럴 것이 혹시나 중간에 연락을 주고받다 한국의 감청 시스템에 노출이 되면 빠져나가지 못하고 붙잡힐 위험이 있기 때문이었다.

사람들은 흔히들 착각을 하는데, 인간이 사용하는 통신기기 중 가장 보안이 취약한 것이 바로 전화다.

그중에서 전용선을 사용하는 유선 전화보다 전파를 사용하는 무선 전화가 보안에 더욱 취약하다.

그런데 한국은 이런 무선통신 도청에 도가 튼 나라다.

벌써 반세기가 넘게 전쟁 준비를 하는 나라이다 보니, 이런 도감청 시스템이나 기술은 선진국 그 어느 곳에 뒤처지지 않은 곳이다.

그러니 요시오는 이런 점을 부하들이나 요원들에게 주지시키며, 2차 집결지에 오기 전까지 어떤 통신도 불허했다.

그러다 보니 작전에 성공을 하고도 부하들이나 내각조사실의 요원들이 아직 집결지에 도착을 하지 않았다.

이 때문에 무척이나 초조한 상태라 혹시나 빠르게 대처하는 한국 정부를 다시 한 번 흔들기 위해 주변을 탐색하러 나갔다.

원래라면 서울도 몇 군데 테러 목표가 있었다.

하지만 서울에서의 테러 기도는 모두 실패로 끝났다.

사람이 많은 곳이라 그런지 보는 눈도 많았다.

내각조사실 요원이 일개 편의점 아르바이트에게 들켜 붙잡힌 것이다.

이 때문에 보안 회선으로 들어온 총리의 전화로 무척이나 많은 질타를 받았다.

아무튼 서울은 테러에서 유일하게 벗어난 도시다.

그랬기에 서울의 시민들은 아마도 방심을 하고 있는 것도 같았다.

요시오는 오늘 밤을 돌아본 결과 그런 결론을 내리고 흔들기를 하려고 계획을 세웠다.

그런데 그런 자신도 방심을 했는지 자신을 미행하고 있는 것을 깨닫지 못했다.

준코의 연락을 받고 확인한 결과 정말로 자신이 미행을 당했다는 것을 알고 요시오는 분노했다.

내각정보국 내에서도 최고의 실력자이며, 일본에서 자신을 능가할 사람은 아무도 없다고 자신했던 그의 자존심에 스크래치를 제대로 난 사건이었다.

어떻게 다른 누구도 아닌 닌자부대의 대장인 자신이 미행을 눈치채지 못했던 것인지 자존심이 상했다.

그렇기에 자신의 자존심에 오점을 남긴 이 두 사람을 살려

둘 수가 없었다.

　요시오가 이런 생각을 하고 있을 때, 철원과 두만은 자신들이 큰 위기에 처한 것도 모르고 아직까지 오지 않는 KSS 경호의 경호원들을 초조하게 기다리고 있었다.

〈『코리아갓파더』 제12권에서 계속〉

1판 1쇄 찍음 2014년 7월 16일
1판 1쇄 펴냄 2014년 7월 21일

지은이 | 정사부
펴낸이 | 정 필
펴낸곳 | 도서출판 **뿔미디어**

편집장 | 이재권
기획 · 편집 | 윤영상

출판등록 | 2002년 9월 11일 (제1081-1-132호)
주소 | 경기도 부천시 원미구 상동로 117번길 49(상동) 503호 (우)420-861
전화 | 032)651-6513 / 팩스 032)651-6094
E-mail | bbulmedia@hanmail.net
홈페이지 | http://bbulmedia.com

값 8,000원

ISBN 979-11-315-2577-7 04810
ISBN 978-89-6775-518-8 04810 (세트)

※파본은 구입하신 서점에서 교환하여 드립니다.